Die Freier

Joseph von Eichendorff

Lustspiel in drei Aufzügen

Personen.

Gräfin Adele

Flora, ihr Kammermädchen

Graf Leonard

Hofrat Fleder

Flitt, ein Schauspieler

Schlender, ein Musikant

Victor, Jäger, im Dienste der Gräfin

Friedmann, Gärtner, im Dienste der Gräfin

Marie, Friedmanns Nichte

Knoll, ein Weinschenk

Ein Bote

Erster Aufzug

Erste Szene

Studierstube, Akten liegen auf den Stühlen. Hofrat Fleder sitzt auf einem Reitsessel vor dem Pult und schreibt.

FLEDER. Vorwärts! vorwärts! Morgenstunde ist die stille Saatzeit der Gedanken. *Er schreibt.* »Das Amt hat dem Mäusefraß mit Energie und gebührendem Ernste entgegenzutreten.« Ja, es ist des Mannes edelster Beruf, so unmittelbar in das Leben, in die Welt zu greifen. Vaterland deutsches Vaterland ein erhabener Gedanke! *Er schreibt.* »Mäusefallen aber sind nicht etatsmäßig, und können nicht passieren, wonach sich zu achten.« So, diese wichtige Angelegenheit wäre auch reguliert. Frisch weiter! was kommt nun? *Er steht auf, und wühlt in den Akten.* Das ist fertig hier ebenfalls das auch. Weiß Gott! ich habe alles schon abgemacht! Ach, das ist ärgerlich, die kostbare Morgenzeit! Was fange ich nun an? Nur nicht lange besonnen, die Zeit entflieht, man muß jede Minute benützen, sich menschlich auszubilden. Harmonie der Kräfte ist das erste Gesetz.

Er hat den Schreibesel mitten in die Stube gestellt und macht gymnastische Übungen. Währenddes tritt ein Bote herein und bleibt verwundert stehen.

BOTE. Ih, Herr Hofrat! was machen Sie denn da?

FLEDER *erschrocken.* Ich? wahrhaftig ei, so früh schon vom Büro?

BOTE. Ich habe in meinen jungen Jahren immer so viel vom Turnieren gelesen

FLEDER. Turnen, turnen heißt das, guter Mann.

BOTE. Wahrhaftig, wenn Sie nichts dawider hätten, ich möcht das Ding einmal selbst probieren.

FLEDER. Ich bitte Sie, tun Sie Ihrer edlen Aufwallung keinen Zwang an! Versuchen Sie, das Volk ist ja eben um dieser Gesittungsanstalten willen da.

BOTE. Nun, in Gottes Namen. *Er springt.* Hopp!

FLEDER. Ah nicht doch diesen barbarischen Laut dazu! Das will mit Würde, mit geziemendem Ernst getrieben sein. Sehn Sie, so der Schwerpunkt ruht auf den beiden Ballen, der Körper bildet einen stumpfen Winkel *Er springt.*

BOTE. Nun treff ich's auch.

Er macht einen Sprung und fällt jenseits nieder.

FLEDER *ihn aufhebend.* Sie haben doch keinen Schaden genommen?

BOTE *aufstehend.* Bloß eine sanfte Empfindung hinten. Es geschieht mir schon recht, das soll so ein alter Esel den Jungen überlassen. Aber über dem Turnieren da wäre ich bald returniert, ohne *Er sucht in seinen Taschen.* Ich soll der Präsident o er ist verloren!

FLEDER. Was, um Gottes willen! verloren? Und das sagen Sie mir erst jetzt? was ist geschehen? wie verließen Sie ihn, wie sah er aus?

BOTE. Blau, mit einem eingekniffenen Eselsohr.

FLEDER. Blau! Liegt er?

BOTE. Nein, Gott sei Dank, er sitzt

FLEDER. Fest?

BOTE. Ja, im Futter.

FLEDER. Wer?

BOTE. Was? *Er zieht einen Brief in blauem Umschlage hervor und übergibt ihn dem Fleder.* Da ist er.

FLEDER. Aber ich begreife nicht

BOTE. Na, na, ich hab nicht länger Zeit. Guten Morgen! *Ab.*

FLEDER. Hat mich der einfältige Mensch doch erschreckt! er ist immer so dumm zu verstehen. Das Schreiben ist vom Präsidenten selbst, seine gewöhnliche vergnügte Hand. *Er erbricht den Brief.* Ach eine konfidentielle Mitteilung! Laß sehen, was gibt es da? *Er liest.*

»Bester Hofrat Fleder! Sie kennen meinen alten Lieblingswunsch, daß mein Neffe, der junge Graf Leonard, der soeben von Reisen zurückgekehrt ist, endlich das ewige, zwecklose Umherschweifen lasse, sich vermähle und seine Kenntnisse und Talente der Welt zum besten gebe.«

Gott, ja wohl, des Würdigen beut die ernste Zeit so viel! »Ich habe daher meinem Neffen zugeredet, um die Hand der unabhängigen, liebenswürdigen und reichen Gräfin Adele zu werben. Sie lebt, wie Sie wissen, jetzt auf ihrem einsamen Waldschloß, weil ihr die Residenz zu langweilig ist. Er hat sich vor der Langweiligkeit der Welt in die Residenz geflüchtet, um unsere Kurzweil gründlich zu studieren. Sie verachtet die Männer, er die Weiber. Sie ist launisch, phantastisch; er verfolgt wütend die Phantasten und ist doch selbst der größte in summa: die beiden passen zusammen, wie zwei scharfgezahnte Räder, wenn's auch anfangs tüchtig knarrt. Das wäre nun alles gut. Aber kaum erzähle ich ihm von allen diesen Kuriositäten der Gräfin, so springt er zerstreut vom Stuhle auf ich füge noch hinzu, daß sie oft reisende Künstler auf ihrem Schlosse sieht da greift er nach seinem Hut daß sie sie aber immer am folgenden Morgen wieder fortjagt, weil sie ihr zu ordentlich sind da ist der Narr schon zur Türe hinaus. Nun hör ich soeben, daß er gar schon hingereist ist, aber, wie ich von sicherer Hand weiß, wieder ganz auf seine Weise: er will nämlich denken Sie nur! unerkannt, als reisender Schauspieler das Schloß der Gräfin besuchen!«

O irregeleiteter Jüngling! o armer, würdiger Oheim! »Ich fürchte da wieder große Konfusion und wünschte sehr, daß ein Dritter auf dem Schlosse ein wenig zum Rechten sähe, um im Falle sehr wahrscheinlicher dummer Streiche, alles möglichst ins Geleise zu bringen oder doch jedenfalls mich von dem Ausgange schnell in Kenntnis zu setzen; aber das müßte jemand sein, der allen unbekannt ist, denn merken die lustigen Vögel etwas davon, so sitze ich mit meinem Kuppelpelz wie der Schuhu auf der Stange, sie stoßen alle nach mir. Ich weiß, lieber Fleder, wie Sie immer recht erpicht sind auf Menschheitsveredlung und nach nützlichen Taten dürsten; hier gibt es einmal einen rechten Humpen für solchen Durst. Die Gräfin Adele kennt Sie nicht persönlich, Leonard ebensowenig, Sie aber haben ihn schon einmal bei mir aus dem Kabinett gesehen und werden ihn leicht wiedererkennen. Daneben blasen Sie auch charmant die Flöte —«

In der Tat, wenn der seelenvolle Blick manches gebildeten weiblichen Wesens bei den schwierigen Passagen nicht log

»Wie wäre es, wenn Sie selbst sich nach dem Schlosse aufmachten, allenfalls unter erdichtetem Namen, als reisender Musikus, gleichsam so hingeblasen. Aber was geschehen soll, geschehe schnell, recht schnell! Denn mein Neffe, wie gesagt, ist schon fort, darum wählte ich, der Kürze wegen, die schriftliche Mitteilung in der frühesten Morgenzeit.

Postskript: Sie haben die junge Gräfin noch niemals gesehen. Um des Himmels willen nehmen Sie sich in acht, daß die Verwirrung nicht noch größer wird!«

In acht? Diese Nachschrift ist ein Dintenklecks auf die reine Seele des Präsidenten! Hält er mich für einen Jungfernknecht, wie den gemeinen Haufen? *Indem er den Brief schnell einsteckt.* Nun, des Mannes Antwort ist die Tat! ich reise als Flötenspieler zur Gräfin, noch in dieser Stunde. Heilige Pflicht, zwei verwilderte Herzen für die allgemeine Sache der Menschheit zu erwärmen durch ernster Rede Kraft die jüngste Regierungsratsstelle wird nächstens erledigt die gebührende Achtung vor der Familie meines würdigen Chefs sie wirft jährlich tausend Taler ab ja, ein edler Vorwurf, so recht unmittelbar in das Leben hineinzunützen und freie Wohnung nebstbei fort, hinaus, zu Pferde! *Eilig ab.*

Zweite Szene

Das Innere einer Dorfschenke. Flitt und Schlender sitzen schlafend auf Stühlen.

FLITT *erwacht und sieht an sich herunter, nach einer Pause.* Eine länglichte Ansicht, viel Einsicht, manche Durchsicht. Ich glaube, ich werde von dem Über-Stühl- und -Bänke-Hängen immer länger und länger, wie ein Perspektiv, wo will das am Ende hinaus? Laß sehn, ob meine Stimme über Nacht nicht erdurstet ist.

Er singt schläfrig.

> Wenn die Nacht vor Alterschwächen
>
> Drückt ihr letztes Auge zu:
>
> Geht der Hirt den Tag anbrechen,
>
> Und bläst tu, tu, tu, tu, tu

SCHLENDER *auffahrend.* Was ist's?

FLITT. Ich weck nur das liebe Vieh auf.

8/80

SCHLENDER *sich umsehend.* Wahrhaftig, schon wieder Tag, und beißt auch gleich so in die Augen! Daß der Sonne auch nicht die Zeit lang wird so vom frühen Morgen bis in den späten Abend in ein solches Wirtshaus hineinzuscheinen.

FLITT. Aurora musis amica. Sie weiß, daß dieses sperlingstichige, gewesene Schindeldach zwei Künstler beherbergt, sie begrüßt das Handwerk. Aber wie geht's dir, alte Muse?

SCHLENDER. Es geht vielmehr noch gar nicht, es hängt noch alles so miserabel an mir, mir tun alle Haare weh.

FLITT. Geduld, guter Schlender, Geduld. Dein Wandel wird dich, wie eine herzhafte Magd, bald so kahl scheuern, daß ich keinen Groschen für die leere Glatze geben möchte.

SCHLENDER. Groschen? Sag, lieber Flitt, hast du noch was in der Tasche?

FLITT. Bloß ein großes Loch da, ich komme mit der ganzen Hand durch, und wenn sie zwanzig Finger hätte. Aber du? untersuch doch einmal

SCHLENDER *nach seiner Rocktasche greifend, erschrocken.* Bei Gott, ich habe gar keine Tasche mehr!

FLITT *lachend.* Du warst außer dir, Schlender, nun weißt du's nicht einmal. Ja, eine lustige Nacht! Aber aus dem guten Humor wurde ein böser Rumor, da rissen dir die einen im Getümmel die Rockschöße vom Leibe, und die andern flickten ihn wieder mit blauen Flecken.

SCHLENDER. Mir? aber weshalb denn?

FLITT. Beim Spiele, Freundchen. Der Wein eröffnet das Herz, du warst zu aufrichtig mit deinen falschen Würfeln, und darüber entstand die lebhafteste Teilnahme in der ganzen Gesellschaft.

SCHLENDER *sich in seinem halben Frack von allen Seiten besehend.* Das ist gottserbärmlich, wie ich ausschau. Nein, das muß anders werden, bei dem Leben kommt nichts heraus

FLITT. Als der Ellbogen aus dem Ärmel.

SCHLENDER. Ich hab mir's ernstlich überlegt

FLITT. Leg dich noch einmal über, Schlender, und schlaf besser aus, du bekommst schon wieder deinen Katzenjammer.

SCHLENDER. Nein, guter Flitt, diesmal ist's mein unerschütterlicher Vorsatz, ich mache einen neuen Absatz in meinem Leben!

FLITT. Was! noch einen neuen Absatz an solchen alten, ausgetretenen Schuh?

SCHLENDER. Wir sind auf Umwegen zur Tugend begriffen ich bin noch jung, talentvoll, schön gebaut ich will mich ganz umwenden.

FLITT. Lohnt nicht, lohnt nicht, bist schon von beiden Seiten verteufelt abgetragen. Frisch, laß uns lieber etwas auf deinen neuen Absatz trinken. Heda, Wirt, dicker Ölgötze, schrote dich heraus, altes Weinfaß!

KNOLL *tritt ein.* Bon schnur, Bestiös! was macht ihr da schon wieder für Lärm, bei so frühem, nachtschwärmenden Tage?

FLITT. Bon schnur? Häng dich daran, alter Galimathias! Vorher aber gib uns noch von deinem schlechten französischen Weine auf unser gutes deutsches Wort.

KNOLL. Parasol d'honneur! ein Wort ist ein Wind, und ein Wind ist nichts, und auf nichts geb ich nichts mehr.

FLITT. Oho, mein Wort und dein Wein sind einander gerade wert. Also du willst wirklich nicht länger mehr auf mein ehrlich Gesicht?

KNOLL. Kupfer, eitel Kupfer!

FLITT. Aber kostbares Kupfer, ich hätte eine Nase von Gold dafür haben können.

KNOLL. Ihr hättet sie doch wieder im Weinkruge sitzenlassen.

FLITT. Hör, Knoll, ich habe einen durstigen Einfall. Hör, einmal, wenn du durch deinen Speck noch Vernunft hören kannst.

KNOLL. Nun, kretipleti, Bestiös?

FLITT. Mein Kamerad da ist ein Virtuos auf der Geige, wie du weißt, und ich bin ein reisender Schauspieler; meiner Treu, wir wollen unsere Talente hier nicht länger verschimmeln lassen!

KNOLL. Hat keine Not wegen des Verschimmelns, sie haben euch erst heute nacht wieder tüchtig gescheuert.

FLITT. Ich bitt dich, schluck jetzt deinen Witz hinunter, und wenn du daran erwürgen solltest! Also ich sage: ich und mein Kamerad da, wir haben beide einen devoranten guten Geschmack; was gibt's nun hier in der Runde für Herrschaften, die auf ihre Ausbildung was daraufgehen lassen? Wer wohnt zum Beispiel in dem großen Schlosse, das man dort vom Berge sieht?

KNOLL. Die Gräfin Adele wollt sagen: Krudele, denn sie stößt alle Liebhaber vor den Kopf, schlägt viel Geld tot, schlägt die Laute, schlägt Triller

FLITT. Genug des Gemetzels, Barbar! Da wollen wir hin und frisch mit dreinschlagen, ich denk, es soll einen guten Silberklang geben. Schlender! Der Kerl ist wahrhaftig vor Schwermut wieder eingeschlafen. Halt, da blitzt's mir eben durch den ganzen Kopf! Still, still, stör ihn nicht. Sag mir einmal, Knoll, wie haben dir heute nacht seine Würfel gefallen?

KNOLL. Sie sind gut gefallen, sie hatten alleweil so viele Augen, daß sie den feinsten Silberstich aus der tiefsten Tasche herauslasen.

FLITT. Möchtest du die Dinger wohl haben, mein Lieber?

KNOLL. Quinten, pure Quinten! Was ist eigentlich Eure Intentation dabei?

FLITT. Ich bin einmal so ein ehrlicher Bursche, daß ich's niemals in der Welt zu etwas Rechtschaffenem bringen kann, ich möchte gern uns allen dreien helfen, bevor dich der

Teufel ganz in deinem Talg erstickt hat. Sieh, erstens: mein Kollege da hat beschlossen, sich ganz umzuwenden; wir wollen ihm helfen auf dem Wege der Besserung erst die Taschen! *Er wendet vorsichtig Schlenders Tasche um.* Er hat von seinen Nachtsünden Zahnschmerzen in den Haaren, wir wollen ihm die schadhaften Knochen ausziehen. *Er bringt Würfel aus Schlenders Tasche hervor.* Da sind sie! Nunmehr zweitens

KNOLL. Eure Intentation! Eure Intentation!

FLITT. Also zweitens: haben wir dir unsre guten feinen Kleider zum Pfande gegeben, da wir mehr Durst als Geld hatten. Wieviel haben wir davon noch zugute, wenn du die doppelten Kreidestriche abrechnest?

KNOLL. Jeder einen halben Ärmel etwa.

FLITT. Eine lumpige Sicherheit! Sei kein Narr, gib mir die Kleider heraus und du sollst die Würfel haben. Nun?

KNOLL. Knifftheologie, lauter Knifftheologie! Pfiffe tragen Püffe! Nein, behaltet ihr eure Knochen da auf neue Kleider, und ich behalte eure neuen Kleider für meine eigene Knochen.

FLITT. Bist du gescheut! Unsere Kleider für dich? Einen Frack über den Bauch, den andern über den Rücken, in jede Pumphose einen Arm, da bleibt dir nichts für die Beine; willst du herumgehen, wie ein Bergschotte? Aber mir auch recht, wie du willst eigentlich wie ich mir's recht überlege. Wie waren doch heut nacht die beiden Hauptwürfe Schlenders? Laß einmal sehen, *Er wirft.* Nummer eins!

KNOLL *gespannt zusehend, für sich:* Sei kein Narr Knoll, ich bitt dich, sei kein Narr.

FLITT *wirft wieder.* Numero zwei: dix-huit.

KNOLL. Nimm's mit nimm's mit. *Er geht zögernd in den Hintergrund und schließt einen Schrank auf.*

FLITT *für sich.* Wahrhaftig, der Walfisch beißt an, Gott gesegne seinen breiten Rücken! Jetzt geschwind gewechselt, die falschen Köder in die Tasche und meine aufrichtige ordinäre Würfel auf den Tisch *Er steckt die falschen Würfel ein und legt andere hin.* So und dann rasch fort von hier, sonst bekomme ich noch Agio aufgezählt in dem Wechsel-Negoz.

KNOLL. Da ist der Plunder! *Er wirft einen Pack auf den Tisch, während er mit der andern Hand hastig die Würfel ergreift und einsteckt.* Nun weiß ich was ich habe und nies euch was auf eure Pfiffe, ha ha ha.

FLITT *das Pack unter den Arm nehmend.* Prosit! Ha ha ha!

SCHLENDER *erwachend.* Was ist denn das für ein Spektakel, daß man sein eignes Nachdenken nicht hören kann

FLITT. Munter, Schlender! Frischauf, zur Gräfin Fortuna! Ha ha ha Du schaust ja so bedenklich und verschoben wie ein Parapluie im Sturmwind.

SCHLENDER. Parapluie? regnet's schon wieder ein?

KNOLL. Muß doch, denn Ihr hängt ja nach allen Seiten über, wie eine nasse Pelzmütze. Ha ha ha die Ratten haben Euch über Nacht beknappert, Ihr seid so ohne Umschweife.

SCHLENDER *springt wütend auf.* So darf mir niemand kommen, und wenn er noch so dick wäre! Was! hab ich nicht Anno dreizehn den ganzen deutschen Patriotismus mitgemacht und bin als freiwilliger Janitschar vor dem Feinde ausgezogen und habe neben der Leipziger Schlacht die Becken geschlagen und bin

KNOLL. Kaldauen, Katabomben und Sonaten

SCHLENDER. O ich fürcht mich nicht, ich fürcht mich gar nicht! ich geb nicht so viel auf so ein Ochsenmaul voll Worte, es hat schon manch dickerer Kerl, als du bist, mich durchgeprügelt

FLITT *ihn nach der Türe drängend.* Ich bitt dich, Schlender, sei doch vergnügt, wenn du zur Türe herausgeschmissen wirst. Willst du hier sitzen und alle Striche bezahlen, die wir da an die Wand getrunken haben?

SCHLENDER. Betrunken? Was! wer ist betrunken?

FLITT *schiebt ihn zur Türe hinaus.* Ach, frag nicht so viel! Fort!

KNOLL. Bon Pakage! Behüt euch Gott, daß ihr in euren Unternehmungen nicht wieder zurückkommt!

FLITT. Möchte uns unser Weg recht bald wieder weit an dir vorbeiführen!

Alle ab.

Dritte Szene

Wald. Man hört in weiter Ferne Waldhörner. Graf Leonard in etwas phantastischer Reisekleidung triff auf.

LEONARD.

    Hallo, poet'sche Wirtschaft da! Von allen Gipfeln

    Rings Hörnerklänge, und wie Meereswogen

    Hoch über mir frisch Rauschen in den Wipfeln,

    Als käm durchs Holz geflogen

    Die Zaubergräfin auf phantast'schem Besen

    Hier zum Walpurgistanze des Parnasses.

    Wer kein Genie ist, laß es!

    Mir aber schwillt mein Busen so verwogen!

    Wo kühn hin über das gemeine Wesen

    Ein Weib das Seil der Poesie gezogen,

    Um drauf mit keckem Schwung und Neigen

Sich vor dem Volk zu zeigen:

Da will mich der Bajazzo in mir zwingen,

Mich mit aufs Seil zu schwingen

In Entrechats und unerhörten Sprüngen.

Hopp! nochmals hopp! das Volk ist außer sich,

Je höher die Gräfin, je höher ich

»Sie brechen den Hals mein Lieber!«

Hilft nichts! Dreimal noch in der Luft kopfüber

Stürz ich zuletzt mich ins Hurra der Menge,

Verschlüpfend wieder ins gemeine Wesen,

Und keiner im Gedränge

Weiß, daß der Narr Graf Leonard gewesen.

Das ist das Flügelpferd mit Silberschellen,

Das heitere Gesellen

Emporhebt über Heidekraut und Klüfte,

Daß durch den Strom der Lüfte,

Die um den Reisehut melodisch pfeifen,

Des Ernsts Gewalt und Torenlärm der Schlüfte

Als Frühlingsjauchzen nur die Brust mag streifen;

Und so im Flug belauschen

Des trunknen Liedergottes rüst'ge Söhne,

Wenn alle Höhn und Täler blühn und rauschen,

Im Morgenbad des Lebens ew'ge Schöne,

Die in dem Glanz erschrocken,

Sie glühend anblickt aus den dunklen Locken.

So rauscht nur, Wälder, frisch! ich wandre,

Die Schöne sei mein Lieb und keine andre!

Er will weitergehen, bleibst aber plötzlich, in die Ferne sehend, stehen.

Was gibt's denn dort? Ich glaub, das Flügelpferd

Hat eben zwei Genies da abgesetzt!

Ein Roß, im Winde Mähn und Zügel flatternd,

Fliegt lustig waldwärts übern grünen Grund,

Zwei Herren hinterdrein nun fällt der eine,

Der andre über ihn das Pferd ist fort,

Sie stehn und wundern sich

Er ruft.

Heda! Hup hup!

SCHLENDER *von der entgegengesetzten Seite hinter der Szene.* Hup hup!

LEONARD *sich schnell umwendend.* Was Tausend, noch ein dritter! Die ich rief, hören mich nicht, und den ich höre, rief ich nicht. Hoho guter Freund, sind Sie bloß ein Echo?

SCHLENDER *hinter der Szene.* Laß die Narrenspossen und hilf mir lieber hier aus der Verwickelung! Hagebutten, Pfingstrosen, Stachelbeeren, alles niederträchtige Gewächs stichelt auf meine neue Kleidung.

LEONARD. Wie soll ich Ihnen helfen? ich sehe nichts von Ihnen als Ihre Stimme.

SCHLENDER *in eleganten Kleidern, eine Geige unter dem Arme, tritt auf.* Was! sind Sie nicht Flitt?

LEONARD. Oh ein Troubadour! bei Gott, ein Troubadour.

SCHLENDER *seine Geige in die Rocktasche steckend.* Erlauben Sie, mein Herr, haben Sie nicht ein gesatteltes Pferd gesehen?

LEONARD. Ja wohl, und zwei abgesattelte Herren hinterdrein. Aber sagen Sie mir doch nur

SCHLENDER. Die Landstürzer, die Schnappsackspringer die! Man hat seine Not mit vielen Domestiken, je mehr Gefolge, je weniger folgt es, je größer die Suite, je mehr Suiten werden gerissen.

LEONARD. Wie, und alle diese Suitiers ritten auf einem Pferde?

SCHLENDER. Oh, das hätte noch zwanzig mehr ertragen! Was denken Sie? Es war recht mein Augapfelschimmel!

LEONARD. Nein, wahrhaftig, es war ein Brauner.

SCHLENDER. Ja, oder mein Augenbrauner. Tausend Dukaten, auf Ehre! dafür hätt ich ihn gegeben. Ich ritt einmal mit einem arabischen Lord, die bekanntlich die besten Pferde sind, um die Wette drauf das hab ich nun verloren!

LEONARD. Meiner Treu, ich meine, das Pferd hat Sie verloren.

SCHLENDER. Ja, ich muß nun zu Fuß gehn, leider! Aber es tut nichts, besser schlecht gegangen, als gut gehangen, wer reitet, kann fallen, und wer zu Fuß geht, kann auch fallen, das ist mir alles egal.

LEONARD *der unterdessen um ihn herumgegangen, und ihn mit Vergnügen betrachtet hat.* Bei Gott, wie eine Trödelbude! Der Frack zu lang, die Weste zu kurz oh, ein köstlicher Fund!

SCHLENDER. Fund? Wieso, Fund? *Für sich.* Das ist eine gute Geschichte! ich glaube, der Kerl ist gar einer von den Glücksrittern, die allezeit finden, was andern ehrlichen Leuten verlorengeht.

LEONARD. Wahrhaftig, ich laß Sie nicht wieder los.

SCHLENDER. Mich, mein Herr? Was wollen Sie von mir, mein Herr? Weil ich ein vornehmes Äußeres habe? Ja, gehorsamster Diener!

LEONARD. Ganz ergebenster! Aber wie kamen Sie denn eigentlich in diesen Wald?

SCHLENDER. Ja, wüßt ich lieber, wie ich wieder herauskäme! Aber das will ich Ihnen wohl sagen. Sehn Sie treten Sie mir nur nicht so nahe, ich bin sehr empfindsam an den Hühneraugen also: wir waren eben auf der Wanderschaft, und mein Kamerad Flitt lehrt mich unterwegs Galliarde springen und Pirouetten, kurz das ganze Solo mit den Füßen. Aber bleiben Sie dort stehen, so indem kommt ein fremder Herr zu Pferde des Weges daher. Ich denk an nichts und exerzier mich so für mich fort in den Sprüngen, da kömmt's mit einemmal dem Pferde auch in die Beine, ich sage Ihnen, wie ein Bock auf der grünen Wiese. Ich, nicht zu faul, streng mich an mit Sätzen, das Pferd aber immer noch höher, mein Kamerad schreit, der Herr schimpft, das war ein Spektakel, vier Pferdebeine, zwei Stiefel, ein Paar Arme, alles wie Windmühlenflügel in der Luft durcheinander. Endlich kommt der Hut auf die Erde geflogen, und gleich darauf der ganze Herr, leider! Er aber geschwind wieder auf und lauft hinter dem Pferde drein, mein Kamerad hinter ihm, ich hinter meinem Kameraden

LEONARD. Halt, halt wieder!

SCHLENDER. Was Halt! da war kein Halten mehr! Die beiden hatten gut rennen mit ihren vier Beinen, ich aber hatt nur zwei, da mag der Teufel nachkommen mit meiner Violine. So bin ich in diese Einsamkeit und Konfusion geraten und weiß nun nicht den Weg auf das Schloß der Gräfin Adele.

LEONARD. Wie, Sie wollen auf das Schloß der Gräfin?

SCHLENDER. Ja, das will ich! Haben Sie was an sie zu bestellen? Ich und mein Kamerad, der ein berühmter Schauspieler

LEONARD. O auserlesene Wirtschaft! O kommen Sie geschwind, ich geh auch zur Gräfin!

SCHLENDER *zögernd.* Verzeihen Sie, mein Herr, wer sind Sie eigentlich?

LEONARD. Ja so! eigentlich Sagten Sie nicht vorhin, daß Ihr Kamerad ein Schauspieler? *Für sich.* Zwei Komödianten, das könnte auffallen, ich muß die Farbe wechseln. *Laut.* Wer sind denn Sie?

SCHLENDER. Ich bin eigentlich ein Sänger, aber ich habe meine Gurgel viel strapaziert und unterwegs die Stimme verloren, da akkompagniere ich jetzt meinen gewesenen Gesang auf der Violine.

LEONARD. Gut, so bin ich eigentlich bloß ein Violinspieler, der aber bloß singen kann, und Sie sollen mich begleiten. Mein Name ist Florestin.

SCHLENDER. Also ein Sänger? Nun wahrhaftig, dacht ich doch Wunder! *Wieder keck vortretend.* Oh, mein Herr Florestin, ich will nichts voraussagen, aber Sie werden mich schon kennenlernen

LEONARD. Ist gar nicht nötig, ich sah es Ihnen gleich an, Sie haben einen schönen Strich.

SCHLENDER. Ich sag Ihnen, in dem Hotel, wo ich heute über Nacht war, haben sie sich ordentlich um mich gerissen, das war ein Furore und ein Klatschen von allen Fäusten!

LEONARD. Das ist alles noch nichts, das soll noch besser kommen!

SCHLENDER. Nein, ich dank Ihnen sehr.

LEONARD. Nachher, nachher! Jetzt nur fort zur Gräfin! Bei Gott, Sie sind gerade das rechte Akkompagnement zu meiner Reisenote. Frisch dort hinaus! Sie können sich unterwegs noch in Ihren Solosprüngen üben. *Schlender in Pirouetten voraus.* So, sassa!

Beide ab.

Vierte Szene

Garten der Gräfin Adele. Rechts das Schloß, über dessen Türe ein mit hohen Blumen besetzter Balkon. Auf der andern Seite ein Bassin mit einem Springbrunnen, im Hintergrund ein zierlicher Gartenzaun.

FLORA in reicher Kleidung, steht, ihre Haarflechten zurechtsteckend, am Springbrunnen und singt.

Offen stehen Fenster, Türen,

Und ich bin im Schloß allein;

Draußen sich die Bäume rühren

Und der Abend rauscht herein.

Überm Fluß, weit durch die Haine

Ziehet draußen muntre Lieb,

Ruft mir zu: Was stehst alleine?

Ja, wer da zu Hause blieb'!

Sie setzt sich auf den Rand des Bassins und besieht sich im Wasser.

Ich sehe doch hübsch aus in den prächtigen Kleidern. Wenn ich eine Prinzessin wäre, legte ich mich alle Abend zwischen die Blumen auf dem Balkon und sähe den Wolken zu, wenn die Wasserkünste unten im Garten rauschten, und sooft die Nachtigallen schwiegen, säng ich da oben, und wo der erste Stern herunterfiele, da käm mein Bräutigam her.

VICTOR *von der andern Seite aus dem Gebüsch hervortretend.* Da sitzt das Singvögelchen und putzt sich die Federn.

FLORA *ohne ihn zu bemerken, lacht für sich.* Ich fürchte mich ordentlich vor mir selbst im Wasser dort. Wie eine Sirene das sieht mich so starr an, als wollt mir's in der Stille etwas erzählen.

VICTOR *ist hinter ihr herangeschlichen und hält ihr mit den Händen beide Augen zu, Flora schreit laut auf.*

FLORA. Ach, du bist's ja doch wieder, Victor! Pfui, deine Finger riechen nach Tabakrauch, laß mich los, du bist unausstehlich, du verdirbst mir das schöne Kleid!

VICTOR. Und soll ich denn lassen deine Augen licht, so reich erst dein Schnäblein aber pick mich nicht!

FLORA. Ach, dummes Zeug, ich kann ja deinen Mund nicht sehn. Da, nun hast du was Schönes angerichtet, meine schöne goldene Brustnadel ist ins Wasser gefallen!

VICTOR *sie loslassend.* Was? wo?

FLORA *entspringend.* Zisch aus, zisch aus!

VICTOR *sie erstaunt betrachtend.* Ei der Tausend! wie siehst du heut aus? laß dich doch besehn, Florchen, laß dich besehn. Der Anzug ist passend für eine Jungfer, in lauter Spitzen gewickelt wie ein Igel. Wen willst du eigentlich stacheln?

FLORA. Jeden Narren, der mir zu nah kommt. Willst du mein Hofnarr sein, Victor?

VICTOR. Unbedenklich! der lebt von der Narrheit seines Hofes, da stünd ich hier in der besten Nahrung. Wahrhaftig, Flora, wir beide sind doch r e i z e n d e Personen, wir können eins das andere nicht ansehn, ohne sogleich miteinander zu fechten.

FLORA. Ja, wirklich, von den vielen Gefechten ist dein Witz schon ganz unscheinlich geworden. Ich bitt dich, schone dich, du wirst ihn brauchen in diesen Tagen.

VICTOR. Ja, ohne dich zu schonen. Aber warum gerade in diesen Tagen?

FLORA. Ach du kommst eben aus dem Walde, du weißt wohl noch gar nicht Noch heute treffen hier zwei fremde Herren ein, um die Gräfin zu freien, Graf Leonard, ein Neffe des Präsidenten, als reisender Schauspieler, und der Hofrat Fleder als Flötenspieler.

VICTOR. Was? Nein, wenn ihr hier anfangen wollt zu heiraten, so nehm ich meinen Abschied! Aber woher wißt ihr denn alles so genau? Haben sie einen Komödienzettel vorausgeschickt?

FLORA. Der Präsident vertraute es unter dem Siegel der Verschwiegenheit der Gräfin Jolanthe, und die versiegelte es noch einmal und schickte es an unsre Gräfin.

VICTOR. Und was sagt denn die Gräfin zu der versiegelten Geschichte?

FLORA. Erst zerriß sie den Brief und wollte augenblicklich zu Pferde und in die Türkei reiten, wo es weder Grafen noch Präsidenten gäbe. Dann lachte sie aber auf einmal sehr und sagte, wir alle sollten uns stellen, als kennten wir die Fremden nicht, und wüßten nichts von der ganzen Maskerade; ich aber sollte mir ihre besten Kleider anziehen und mich, solange die Gäste hier sind, für die Gräfin ausgeben, sie selbst will unterdes die Jungfer spielen.

VICTOR. O vortrefflich! Aber ich möcht nicht Jungfer spielen in einem Lustspiele, sie bekommt im letzten Akt eine Haube weg, sie weiß nicht wie.

FLORA. Pfui, so ein Haubenstock! Das ist's ja eben, warum wir uns maskieren. Laß nur, ich will als Gräfin so viel dummes Zeug machen, daß sie lieber einer den andern heiraten möchten, als länger hierbleiben.

VICTOR. Höre, Flora, das ist nicht anders, als hättest du mir eine Prise Nieswurz gereicht, so licht und vergnügt wird mir's auf einmal im Haupte! Nein, da frag ich nichts darnach, da mag draus werden was da will, ich spiel auch mit! Frisch, jeder auf seine eigene Hand, so weit sein Witz reicht, wir wollen sehn, wo das zuletzt zusammenklappt!

FLORA. Auf deinem Rücken, hoffe ich.

FRIEDMANN *der unterdes mit einem Blumenkörbchen eingetreten ist, bleibt unentschlossen stehen.* Der Victor! ich möchte ihm lieber ausweichen, er ist ein Phantast und Händelmacher.

VICTOR *ihn erblickend, stürzt auf ihn los und umarmt ihn.* Gärtner! Maskerade, Konfusion, Komödie! Ihr wißt doch schon? es geht bald los, mir spielt schon die ganze Ouvertüre im Kopfe mit erstaunlichen Fugen und Sätzen!

FRIEDMANN *sich entrüstet losmachend.* Was ist denn das? lassen Sie mich ungeschoren mit Ihren Fugen! Ich habe keine Zeit, wie gewisse andere Leute, an solche Narrenspossen zu denken!

VICTOR. Aber Mensch! wollt Ihr denn wirklich vor lauter Vernunft zerplatzen? Ficht's Euch denn nicht auch einmal an, Euch auf den Kopf zu stellen und »Vivat Friedmann!« mit den Beinen in die Luft zu schreiben, oder auf der großen Gartenschere über die Blumenbeete zu reiten, oder

FRIEDMANN. Ach, Gott behüte, da müßt ich ja toll im Kopfe sein! *Er erblickt Flora.* Sieh da, Mamsell Florchen ei, ei, das steht Ihnen allerliebst

FLORA. Ja? *In dem Blumenkorbe wühlend.* Aber was haben Sie da für schöne Blumen, Herr Friedmann, das möchte mich putzen!

FRIEDMANN. Gern, gern, mein Herzchen. Hi, hi, hi, das flimmert einem recht vor den Augen da im Korbe, man weiß nicht, was Händchen sind, oder Blumen, eins so hübsch, wie das andere.

FLORA. Da, stecken Sie mir sie vor, hier an die Seite, aber nehmen Sie sich in acht, ich habe Nadeln.

FRIEDMANN *indem er Blumen ordnet und sie ihr vorsteckt.* Ja, ja, je frischer das Röslein, je herzhafter sticht's.

FLORA. Sie sprechen ja ordentlich durch die Blume.

FRIEDMANN. Selber Blume, Florchen, selber Blume.

VICTOR. Ihr habt ein recht angenehmes Lächeln unter der Nase, Gärtner, ich hätte nicht geglaubt, daß Ihr noch so lächerlich sein könnt, Ihr alter Tausendsassa.

FRIEDMANN. Ich bitte Sie, Herr Victor, wenn Sie nur nicht immer solche gemeine Redensarten

FLORA. Was macht denn die liebe Frau?

FRIEDMANN. Danke, danke so, nun ist's fest.

VICTOR. Sitzt Ihr noch alle Abend mit Eurer Familie in der Jelängerjelieber-Laube und denkt über das Vergnügen nach, Papa zu sein?

FLORA *wieder bei dem Bassin, sich die Blumen anders steckend.* Und die lieben Kinderchens bringen Ihnen die Pantoffeln heraus und Ihre lange Pfeife.

FRIEDMANN. Ja, Florchen, so nach erfüllter Berufspflicht, mein Pfeifchen im Munde und ein zufriedenes Herz in der Brust!

VICTOR. Da seht, das kommt bei Eurem langweiligen Metier heraus! Blumen und Kohl, das wächst so still und wohlgezogen in den Tag hinein

FLORA. Und Sie murmeln, als ein zufriedener Bach, zwischen lauter Veilchen und Vergißmeinnichts dahin.

FRIEDMANN. In der Tat, die rohen lärmenden Vergnügungen der Jagd sind niemals nach meinem Geschmack gewesen. Aber ich habe mehr zu tun, als hier zu plaudern. *Für sich.* Die Narren sollen mich nicht aus meinen moralischen Grundsätzen herausdisputieren! *Ab.*

Man hört Hörnerklänge.

VICTOR. Horch! da kommt die Gräfin von der Jagd zurück.

FLORA *springt zu dem Gartenzaun und sieht hinaus.* Sieh nur, wie hoch und herrlich sie zu Pferde sitzt und zwischen den Abendlichtern da die Kastanienallee heraufkommt! Sie steigt am Gartenpförtchen ab wahrhaftig, sie kommt grad hier herauf.

VICTOR. Es ist eine rechte Freude, einer solchen Gräfin Diana zu dienen!

GRÄFIN ADELE *in einem grünen Jagdkleide, eine Reitgerte in der Hand, tritt auf.* Nun, Fastnachtsbräutchen, sieh dich vor sie kommen!

FLORA. Wo, wo?

ADELE. Wie ich den hohen Waldweg ritt, erblickte ich zwei Fremde fern im Grunde. Sie sind's gewiß, ich sprengte schnell voraus.

Sie wirft ihr Jagdkleid ab und, nebst Gerte, dem Victor zu, in einfachem Hauskleide erscheinend.

Da trag das fort, ich hoff auf kurze Frist.

Ich bitt dich, deine lustigsten Gedanken
Nimm all zusammen nun! Des muntern Grafen
Geheimnisvoll verschlungne Redeblumen
Gesegne mit so vollem Maierschein
Von Freundlichkeit, als, ohne zu erröten,
Ein Mädchen darf. Und wenn er dann, mich meinend,
Dich schlau umstellt; mich will, dich freit was lachst du?

FLORA.

Und wenn er nun den Komödiantenmantel
Auf einmal aufschlägt und ein schöner Ritter –?

ADELE.

Ja, ja. Ich seh ihn vor mir stehn: mehr Milch
Als Blut, von glattem Haar und blonder Seele,
Ein guter Neffe so und schlechter Vogel,
Der mitten in der Jugend frischer Zugzeit
Vom Onkel sich aus seinem Reisehimmel
Herunterschießen läßt und zahm sich stellen
Auf den gemeinen Freiersfuß. Doch hör nun,
Wirst du den Hofrat auch erkennen, Flora?

FLORA.

Gewiß, obgleich er mich nicht kennt. Wie oft
Sah ich ihn, wenn sie alle promenierten,
In selbstgefälliger Glückseligkeit,
Wie einen Weißfisch schnalzen auf dem bunten Strom,
Bald ernst, bald stolz, und immer sehr zufrieden
Mit seinem neuen Frack dort, dort! da sind sie!
Der dort am Halstuch rückt, das ist der Hofrat!

Jetzt sehn sie uns ei, wie sie zierlich grüßen!

Macht Verbeugungen.

ADELE. Der Victor weist sie grad hierher zum Garten. Frisch denn, die lustige Rakete steigt!

FLORA.

Nun weiß der Himmel, wem sie im Zerplatzen

Den Bart versengen wird. Still, still, sie kommen.

Flitt in eleganter, etwas theatralischer Kleidung, und Fleder treten auf.

FLITT *zu Adele, die ihnen bis in den Hintergrund entgegengegangen.* Sieh da, süßer, bescheidener Mond! Wir sind Adler, wir fliegen nach der Sonne wo ist sie?

ADELE *auf Flora zeigend.* Sie steht eben im ersten April, sie sticht heut ein wenig.

FLITT. Unser Teint kann schon etwas vertragen, mein Kind, um so besser schlagen die Gedanken aus, um so besser schießt der Witz ja, ich hoffe hier wieder ganz in Blüte zu kommen.

Sich Flora nähernd.

Gnädigste Gräfin, wo eine Muse wohnt, ist der Parnaß, und dem Parnaß fliegt unaufhaltsam der Pegasus zu, und auf dem Pegasus reisen die Künstler so folgten wir nur dem höhern Zuge, um unsere schuldige Ehrfurcht Erlauben Sie, daß ich mir die Ehre gebe *Er will Fleder der Flora vorstellen.*

FLEDER *mit Anstand vortretend.* Arthur, ein Flötenspieler, *Mit einem verächtlichen Blick auf Flitt.* welcher das Vergnügen hatte, erst heute durch einen Zufall die Bekanntschaft dieses Herrn zu machen.

FLITT. Bitte sehr! das Vergnügen war bei diesem Falle ganz auf meiner Seite.

ADELE *leise zu Flora.* Wie kunstreich sie einander vor uns verleugnen!

FLORA *ebenso.* Ach der Graf ist eben auch gar nicht schön! *Laut zu Flitt.* Und Sie selbst, mein Herr?

FLITT. Flitt, ein untertänigster reisender Bühnenkünstler.

FLORA. Flitt? Also einer, der etwas anderes vorzustellen pflegt, als er ist? Nun, wir treiben diese Kunst hier auch zuweilen.

FLITT. Oh, Sie versetzen mich in Entzücken! Vortrefflich, so könnten wir hier vielleicht ein Liebhabertheater einrichten?

FLORA. Wahrhaftig, an närrischen Liebhabern wenigstens wird es nicht fehlen. In der Tat ein herrlicher Gedanke! ist's mir doch, als wären wir alle schon mitten im ersten Akt. O meine Herren, Sie sind eine rechte Bereicherung unserer ländlichen Langeweile. Kommen Sie, das muß mit mehr Muße verhandelt werden, lassen Sie uns hineingehen, einige Erfrischungen

FLITT. Erfrischungen? Erlauben Sie *Er reicht Flora den Arm.*

FLORA. Ich denke, die ungewohnte Fußreise hat Sie ein wenig heruntergebracht, Sie bedürfen der Restauration.

FLITT *Flora fortführend.* Kleinigkeit, Kleinigkeit, meine Gnädigste, wir haben's wohl schlimmer gehabt. Seit ich das Flügelpferd reite, habe ich, außer dem Flügelschlag, noch manche andere Schläge des Schicksals erfahren. *Ab.*

ADELE *zu Fleder.* Nun, Herr Arthur ein schöner Name!

Sie werden doch mitspielen in der Komödie?

FLEDER. So weit es sich mit der Würde eines gebildeten Mannes verträgt. Das Komische, liebe Jungfer, war niemals mein Fach.

ADELE. Ei der Tausend! Sehn Sie wohl! Vortrefflich gleich zum Anfange, ganz vortrefflich!

FLEDER. Wie? was denn?

ADELE. Ja, ja verstellen Sie sich nur nicht, Sie Loser! O kommen Sie nur, Sie werden uns schon zu lachen geben.

Beide ab.

MARIE *tritt auf.* Also das sind die Bräutigams, um die sie so viel Aufhebens und Heimlichkeiten machen? Hm, wenn ich nicht einmal einen schöneren Bräutigam bekäme, das lohnte auch Jungfer zu sein! Ob sie jetzt im Gartensaale sein mögen? Hier sieht mich niemand. *Sie steigt vorsichtig auf die Blumentöpfe und sieht in das Fenster des Schlosses.*

VICTOR *eintretend.* Sieh da, Marie, des Gärtners Mühmchen, ich glaube, das Kätzchen ist eben auf der Lauer. *Er nähert sich ihr leise und hebt sie dann plötzlich in die Höhe.* Wart, ich will dir's bequemer machen, Kleine.

MARIE *sich erzürnt von ihm losmachend.* O geben Sie sich keine Mühe, Herr Victor! Kleine! Zur Klugheit hilft nicht lang sein, sonst wären gewisse Personen verständiger.

VICTOR. Gut, so laß einmal hören, ob du so klug als kurz bist. Weißt du, wie man die Rotkehlchen fängt?

MARIE. Wie die Gimpel, mit roten Beeren.

VICTOR. Ganz recht und da sind denn die kleinen Dinger vorwitzig

MARIE. Ja, und die Gimpel sind gar nicht witzig, weder vor-, noch nachher.

VICTOR. Ich bitte dich, Mariechen, da du noch, sozusagen, die Eierschalen auf dem Kopfe trägst, so benütze die Gelegenheit, wenn der Mund des reiferen Alters von guten Lehren überfließt und würdige Männer Erfahrungssätze machen und einen Rat schlagen wollen.

28/80

MARIE. Gehn Sie, gehn Sie, Herr Victor, mit Ihren altmodischen Jagdspäßen; sie sind mir schon ganz langweilig. Und was ich Ihnen schon längst sagen wollte: ich komme nun auch gerade schon in die Jahre, daß Sie mich Sie nennen könnten.

VICTOR. Gut. Also: sei Sie nicht so vorwitzig, und guck Sie nicht in die Fenster nach fremden jungen Herrn.

MARIE. Wenn Sie mich immer kränken wollen, Herr Victor, so ist es sehr schlecht von Ihnen, das kann ich Ihnen sagen, Herr Victor. Wahrhaftig, und da können Sie lange warten, eh Sie dasjenige von mir erlangen, weshalb Sie mich neulich so baten.

VICTOR. Ich?

MARIE. O ja, an dem schönen Sonntagsmorgen, wie ich allein am Springbrunnen stand und mir das Gesicht wusch, da sagten Sie: ich sei ein hübsches Mühmchen, Sie wollten mein lieber Vetter sein, und ich sollte Ihnen ein Küßchen darauf geben.

VICTOR. Still, still! da kommt jemand auf den Balkon.

MARIE. Das haben wir von Ihren guten Lehren! nun kann ich noch in schlechten Ruf kommen mit Ihnen.

VICTOR. Hör Sie, Mühmchen, wenn du mir hier noch lange mit dem roten Mündchen so vorparlierst, so entschließ ich mich kurz und gebe Ihnen noch einen Kuß auf Borg zu deinem zukünftigen Küßchen.

MARIE. Wenn Sie hübsch artig sein wollen.

Beide ab.

Gräfin Adele und Flora treten oben auf den Balkon heraus. Man hört von Zeit zu Zeit Hörnerklang in

der Ferne.

ADELE.

Nur einen Augenblick muß ich eratmen

Hier in der Kühle! fast gereut mich schon

Der fade Schwank. Laß sie drin schwatzen,

Wir ruhn indes hier in der lauen Luft.

Der Harfe gleicht in solcher stillen Zeit

Der Seele Grund, da haucht ein leises Tönen

Durch alle Saiten in der Einsamkeit,

Und niemand weiß, woher, wohin es geht.

FLORA.

Die Jäger kehren heim schon von den Bergen,

Wie lustig geht der Widerhall durchs Tal!

ADELE.

Aus der Verwirrung dieser Töne taucht

Ein langversunknes Bild mir wieder auf.

Denkst du des Abends noch in Heidelberg?

So standen auf dem Söller wir der Burg,

Bis alles still, und nur die Wälder rauschten

Noch über uns, und unter uns der Neckar.

Da kam ein Schifflein auf dem Strom gezogen

Mit Waldhornsklang und Fackelschein, derseltsam

Sich spiegelt' rings am Fels und in der Flut

FLORA.

Und auf des Schiffes Spitze, über alle

Hochragend, stand ein fröhlicher Gesell.

ADELE.

Und als das Schiff vorüberrauscht' am Schlosse,

Da wandt er plötzlich sich und grüßt die Burg,

Sein Windlicht schwingend, daß gleich einem Feuer

Die herrliche Gestalt im Dunkel aufstieg.

So ist das wunderbare Bild uns schnell

Erschienen und verschwunden, wie bei Nacht
Ein schöner, wilder Grund im Wetterleuchten.

FLORA.

Wir stiegen voll Gedanken drauf hinab,
Wo alles wieder dunkel war und still
Und bei dem ersten Strahl sahn wir schon weit
Vom Reisewagen wieder Strom und Burg
Im Morgenrote hinter uns versinken.

ADELE *nach einer Pause.*

Oft ist's, als hättst du recht; es mag mehr Glück
Und Lust da unten sein, als ich hier oben
Mir träumen ließ, wer sich nur dran gewöhnte
Was kümmert's mich, ich bleibe auf der Höh!
Horch, wer naht dort, so spät?

FLORA.

Es scheint ein Fremder.

GRAF LEONARD *erscheint auf dem Gartenzaun, sich nach allen Seiten umsehend.*

Hier also ist das Feenreich? Nicht übel!
Die Büsche flüstern heimlich miteinander
Und Wasserkünste singen Zauberlieder
Auf lust'ger Höhe zwischen schlanken Wipfeln,
Das ist ein guter Sitz für einen Sänger!
Doch wo blieb mein Kumpan? He, Schlender, hier!

ADELE *zu Flora.*

Blick einmal recht ihn an fällt dir nichts ein?

FLORA.

Ich wüßte nicht

ADELE.

Und doch nein! laß uns gehen,

Verlockend weht die Abendluft herauf

Und dieses Dämmerlicht verwirrt das Auge.

FLORA.

O bleiben wir bei Gott, da kommt noch einer!

SCHLENDER *gleichfalls auf den Zaun heraufsteigend.*

Ich wollt, wir fänden erst die Tür.

LEONARD.

Geduld,

Sie werden sie uns bald genug wohl zeigen.

Er schwingt sich in den Garten, Schlender folgt zögernd.

ADELE *zu Flora.*

Wie sagt er nicht vorhin, er sei ein Sänger?

FLORA.

Ja, so verstand ich. Nun fürwahr, die haben

Den rechten Schwung, zum mindsten über Zäune,

Die sind vom Metier, das sieht man gleich.

LEONARD.

    Horch, flüstert' dort nicht was? Gewänder schimmern

    Bei Gott, die Damen stehn auf dem Balkon

    Galantes Glück! 's ist just die rechte Stunde

    Zu Serenaten *Zu Schlender.* Frisch! heraus die Geige!

    Wir nahn in Tönen. So, hieher nur näher.

Sie stellen sich in einiger Entfernung, dem Balkon gegenüber.

LEONARD *singt, während Schlender akkompagniert.*

    O ihr Güt'gen und Charmanten!

    Auf der späten Wanderung

    Nehmt der lust'gen Musikanten

    Ganz ergebne Huldigung!

FLORA.

    Das ist unleidlich

Laut vom Balkon herab.

    Unverschämt Gesindel!

    Hier ist kein Wirtshaus, um den Durst zu löschen!

LEONARD *singt, wie oben.*

    Jeder schlürft und denkt die Seine,

    Und wer nichts Besondres weiß:

    Nun der trinkt ins Allgemeine

    Frisch zu aller Schönen Preis

    Da bricht der schlaue Mond hervor laß sehen,

    Was er bescheint.

ADELE *plötzlich an Floras Brust sinkend.*

Das ist Er! Fort, nur fort!

Die Damen verschwinden oben.

LEONARD *singt.*

Ob sie schmähn, ob sie sich zieren:

Musikanten spielen drein,

Brechen so im Musizieren

Kühn in Tür und Herzen ein!

Sie gehen singend und spielend in das Schloß.

Zweiter Aufzug

Erste Szene

Garten der Gräfin, wie am Ende des ersten Aktes. Leonard ruht, zum Teil von Zweigen verdeckt, schlummernd auf einer Bank, Adele tritt oben auf den Balkon heraus.

ADELE.

    Noch ist es einsam rings auf Tal und Höhn,

    Und wie ein scheues Reh schweift nur die Dämmrung

    Leis durch die tau'ge Stille

LEONARD *erwachend.*

    Horch, was klang

    So lieblich durch die Luft? Schlief ich so lange?

                Adele erblickend.

    Wie! geht Aurora heut zo zeitig auf,

    Eh noch die Stern am Firmament erblichen?

    Was hat sie vor in dieser Einsamkeit?

    Laß sehn ich tu, als schlief ich.

ADELE *ohne ihn zu bemerken.*

    Wie so anders

    Sahn Berg' und Garten aus bei dunkler Nacht!

    Ich lag im Fenster lange noch und schaute,

    Wie da der Mond durch finstre Wipfel ging,

    Die flüsternd sich im leisen Winde neigten.

    Da war's als trät ein Fremder aus dem Schloß

Und wandelt' schweigend durch die stillen Gänge,

Gleichwie in Ringen weit das Haus umkreisend.

Mich schauerte und schnell trat ich zurück.

Doch durch die offnen Fenster rauscht's herauf

Die ganze, schwüle Nacht, es blitzt' von ferne

Und Nachtigallen schlugen oft dazwischen

War mir's, als hörte ich fernab im Garten

Den fremden Sänger singen und so träumt ich

Gar wunderbar, ich weiß nicht mehr wovon,

Doch war es wie ein unermeßlich Glück

Im Herzen mir, daß ich vor Lust erwachte.

Wohl sind die Träume nur ein Widerhall

Von himmlischer Musik, die wir nicht kennen

Und die wie ferner Morgenglockenklang

Im roten Duft zerrinnt. Ja, rausch nur wieder

Du morgenfrischer Grund mit allen Wipfeln

Ich komme! Wer ist dort? er scheint zu schlummern

Der fremde Sänger ist's ich geh hinein.

Sie bleibt zögernd stehen.

Er schläft nur einmal möcht ich recht ihn ansehn

Ich kann es nicht, wenn er die Augen aufschlägt

Als ruhte träumend unter stillen Bäumen

Der frische Morgen noch

LEONARD.

O süßes Plaudern!

Wie früher Lerchen Lieder über mir,

Weckst du hell Morgenrot mir in der Seele!

ADELE.

Er spricht im Schlafe von was mag er träumen?

Nein, nein, ich weil nicht länger hier allein.

Sie will gehen.

LEONARD *rasch aufspringend.*

Hör, Mädchen, hör doch! bleib, nur auf ein Wort!

ADELE *verwirrt.*

Ich? Ich wollt nur ich sah nur nach dem Gärtner

Was trieb so früh ins Freie Sie hinaus?

LEONARD.

Ich schlaf am liebsten unterm Himmelsbette,

Leicht mit dem Sternenmantel zugedeckt.

Es ist so schwül im Schloß. Komm auch herab!

ADELE.

Hinab? mich hütet eine strenge Herrin,

Wenn ich auch möcht, die Gräfin möchte schelten.

LEONARD.

Die Gräfin, Jäger, Laufer, alle schlafen.

Das ist die rechte Zeit just, wenn die Rehe

Noch sorglos grasen in dem stillen Grund

Und alle Wälder, wie in Träumen, rauschen.

ADELE *ihr Gesicht mit beiden Händen bedeckend.*

Oh, daß ein Mann so zu mir reden darf!

LEONARD.

Kind, nimm doch nur die Hände fort! Die Augen

Sind's gerade, die ich meine. Nur ein Weilchen

Will ich dicht vor dir stehen und hineinsehn.

Wahrhaftig, dort stehn Leitern an der Hecke

Bleib nur, ich hol mir eine schnell und steige

Zu dir hinauf!

ADELE.

Eh stürzt ich beide uns

Den Felsenhang hinab zurück, Verwegner!

Sie wendet sich rasch, bleibt aber plötzlich in der Türe stehen und kehrt dann zurück.

Ich möchte nicht, daß wir im Zorne schieden

Es ist so meine heft'ge Art nur ach,

Ich weiß nicht, was ich spreche!

LEONARD.

Wär die Gräfin

So süß wie du!

ADELE.

Wie?

LEONARD.

Nichts. Nenn mich auch: du!

Willst du?

ADELE *über das Geländer gebeugt, leise.*

Leb wohl du unbescheidner Mann!

LEONARD *ihr in Gedanken nachsehend, nach einer Pause.*

Ich werd doch toll nicht sein und mich verlieben?

Dort schleicht der Komödiant, was will die Eule

In diesem Frühlingsglanz? Ich prügelt ihn,

Wär's eben nicht so fröhlich mir im Herzen!

Ab.

FLITT *kommt lauernd, mit leisen langen Schritten hervor.* Alles wieder still wie Eidechsen fix entschlüpft in Laub und Ritzen vor dem Sonnenblick.

VICTOR *zwischen dem Gebüsch den Kopf vorstreckend.* Der schleicht um den Taubenschlag. Mir gerade recht! Ich kann keinen alten Fuchs sehen, ohne daß es mich gleich anficht ihn zu prellen.

FLITT *ohne Victorn zu bemerken.* Verliebte Kammerjungfern und Musikanten, kuriose Gräfinnen, heimliche Winke; Flüstern und Geheimnisse überall gib acht, Flitt, gib acht, hier ist was zu machen wenn ich nur erst wüßte, wo eigentlich Fortunas Haarzopf flattert in dieser Konfusion.

VICTOR. Ich will kein Jäger sein, wenn ich nicht alle diese mausigen Stoßvögel von Freiern an einen Narrenspieß stecke, um sie langsam am Feuer der Liebe zu braten.

FLITT *wie oben.* Diese falbe, nüchterne Morgenzeit ist mir die liebste für Gedanken, so an den stillen Erkern und Pfeilern hinzustreichen in der mausefarbenen Dämmerung. *Er will weitergehen.*

VICTOR. Nun frisch ans Werk, sonst geht er mir durch die Lappen! *Hervortretend.* Herr Flitt! Herr Schauspieldirekteur!

FLITT *erschrocken.* Was macht Er denn da für einen unverhofften rasenden Lärm! Man könnte den Tod haben vor Schreck so auf nüchternen Magen.

VICTOR. Desto besser, Herr Direkteur, desto besser! Ich bringe eben einen Schnaps, der soll Ihnen wohl bekommen.

FLITT. Schnaps? Laß Er doch einmal sehen.

VICTOR *sich nach allen Seiten umsehend.* Es belauscht uns doch niemand?

FLITT. Recht so! Er ist ein verständiger Mann, ich möcht nicht, daß uns die Damen dabei erwischten. Mädchen verstehn nichts vom Trinken so einen Mund voll gemeines Wasser für den Durst, wie das liebe Vieh.

VICTOR *heimlich.* Sie haben doch gestern nach Mittag die Gräfin unter dem Balkon gesehen?

FLITT. Schnaps trinken? Nein, sie zeichnete mit der Reitgerte im Sande

VICTOR. Aber was zeichnete sie? Lauter Fl's, und einen Haufen Gedankenstriche dahinter! Merken Sie etwas, Herr Flitt?

FLITT. Ich glaube wahrhaftig, das soll da der ganze Schnaps sein!

VICTOR. Ja, und als Sie hinzutraten, verwischte sie alles schnell wieder mit ihren Füßchen.

FLITT. Ah pah! Ich hätte Ihn auch für gescheiter gehalten. Mich deshalb in meinem Nachdenken aufzuhalten! In der Morgenstunde, mein Freund, da rekapitulier ich mir den ganzen kommenden Tag und übe mir ein wenig die Zukunft ein.

VICTOR. Da hören Sie doch nur weiter! Die Gräfin weiß gar wohl, daß Sie alle Abend einsam dort an der letzten Laube des Gartens spazierengehen.

FLITT. Sie weiß? Fataler Streich! Die Damen im Schloß können den Tabakrauch nicht vertragen, da pflege ich denn dort abends an der Laube meine Pfeife ins Gesicht zu stecken, um die Mücken zu vertreiben.

VICTOR. Aber die Liebesmücken sind gerade wie versessen auf Tabak. *Leise.* Die Gräfin es bleibt unter uns die Gräfin wird heute abend um zehn Uhr, mit einem Schleier über dem Gesicht und einen Nelkenstrauß an der Brust, allein an der selben letzten Laube lustwandeln. Nun Sie verstehen mich

FLITT. So? *Mit einem durchdringenden Blick auf Victor, nach einer kurzen Pause.* Hör Er, guter Mensch, Er sieht verteufelt pfiffig aus.

VICTOR. Bitte recht sehr! bloß als Futteral für die Ehrlichkeit, damit sie sich nicht so schnell abnutzt.

FLITT. So? Aber wie ist Er denn zu allen diesen Neuigkeiten gekommen?

VICTOR *heimlich.* Herr Flitt aber verraten Sie mich nicht, sprechen Sie kein Wort mit ihr darüber die Kammerjungfer hat mir alles vertraut.

FLITT. Die? In der Tat, das läßt sich hören. Sie ist eine Jungfer von Erfahrungen, ein vertrauliches Geschöpf. Nun, mein Freund, *Er sucht in den Taschen.* Verschwiegenheit also um zehn Uhr? schuldige Dankbarkeit ich werde unvergessen sein. *Er drückt dem Victor ein Geldstück in die Hand.*

VICTOR *in die Hand blickend, für sich.* Bei Gott, ein alter, abgescheuerter Kupferkreuzer! *Laut.* Nicht doch! was denken Sie von mir, Herr Flitt? nicht um schnöden Lohn

FLITT. Mache Er doch keine Umstände.

VICTOR. Aber

FLITT *ihn fortdringend.* Nur keinen weitläuftigen Dank! behalt Er doch nur, ich geb es gern, in der Freude des Herzens greift man aufs Geradewohl ins Volle und berechnet nicht erst lange.

Victor ab.

Besser konnte ich den Knopf von meinem alten Rock nicht losschlagen, er wird denken, daß ich mich in der Wut der Großmut vergriffen habe! *Auf und nieder gehend.* Hm Laube, Schleier, Nelkenstrauß das gibt einen Vers, aber es reimt sich nicht. Und doch sie scheinen mich hier für einen andern zu halten; es ist das Los großer Geister, verkannt zu werden! Und diese Aufmerksamkeit der Gräfin gegen mich, diese heimlichen kurzen Blicke unter den langen Augenwimpern wie Schlagtriller. Was ist denn das? bin ich denn so schön? Das hat mir doch noch niemand nachgesagt. Nun, Amor ist blind, so kann ich selbst wohl auch ein Auge zudrücken über meiner roten Nase, und mit dem andern über meine schmalen Beine hinwegsehen, das ist Geschmackssache. Ja ich komme zu der angenehmen Laube! *Er will gehen, bleibt aber plötzlich erstaunt stehen.* Was hat das zu bedeuten? Da steigt leibhaftig der Knoll auf wie ein Orkan! Was ist das für ein fruchtbares Jahr, treibt unversehens solche fette Schwämme hier aus dem Boden! ich kann ihm nicht mehr entwischen, eher weicht man einer Windmühle aus.

Knoll im Sonntagsstaate tritt mit Bücklingen auf.

FLITT. Aber sag mir, Knoll, welches unverhoffte Wiedersehen das ist ja ein Vergnügen zum Teufelholen!

KNOLL. Ich bitt um Exkommunikation ich konnte nicht unterlassen, mich nach Ihrer gnädigen Gesundheit zu erkundigen.

FLITT. Gesundheit? Hm, man muß eben zufrieden sein, schlaflose Nächte, eine gewisse Unlust zum Arbeiten, brennender Durst das alte Übel. Aber nun, allerliebstes kleines Spaßvögelchen, nur heraus, was willst du eigentlich hier? brennen dich die Würfel in der Talggrube deiner Faust? bringst du die Kreidetafel im Schubsack?

KNOLL. Gott behüt mich! Solche Lumperei! Alles in den besten Händen!

FLITT. In der Tat, du bist ein höfliches, ein honettes Ungeheuer.

KNOLL. Oh, ich möchte mich selbst in die Nase beißen, daß ich so ein Esel war, Sie für meinesgleichen zu halten. Aber das geringe Gefolge, Ihr ganzer Parapluie

FLITT. In summa, Knoll, du hast heute schon am frühesten Morgen zu schwer geladen, tue mir daher den Gefallen und schieß dich hier bald wieder ab, alte Fleischbombe.

KNOLL. Geruhen Sie sich doch nicht länger mit Verstellung abzustrapazieren, ich weiß es ja doch. Mein alter Freund, der Gärtner hier, hat mir alles erzählt.

FLITT. So? von mir? der Gärtner? Höre, guter Knoll, sag mir doch einmal aufrichtig, wie hat dir denn der Gärtner eigentlich die ganze Geschichte erzählt? Es interessiert mich, wie die Leute hier die Sache nehmen.

KNOLL. Euer hochgräflichen Gnaden wollen untertänigst verzeihen ich darf nicht so viel aus der Schule schwatzen Euer Gnaden wissen's ja doch am besten.

FLITT. Ja leider wahrhaftig. *Vornehm.* In der Tat, mein guter Knoll ich sehe wohl was soll ich's länger leugnen meine Stellung hier unter diesen Jungfrauen

KNOLL. Will's Gott, bald junge Frauen.

FLITT. Ja die Gräfin liebt mich.

KNOLL. Der gute Gärtner sagte

FLITT *rasch.* Was sagt er? *Sich verbessernd.* wollt sagen: inwieweit hat dir der Gärtner auch über diesen Punkt nähere Mitteilung gemacht?

KNOLL. Der Gärtner sagte schon oft: Es ist hier nicht länger mehr auszuhalten so unter uns Mädchen, es fehlt ein Herr, damit endlich auch auf dem Schlosse einmal eine soliderische Wirtschaft anfängt.

FLITT. Man kann das dem Manne nicht verdenken ja, es wäre eine schöne Wirtschaft!

KNOLL. Der alte Gärtner kennt seine Gräfin, sie liebt das Rumorantische er meint, wenn Ew. hochgräflichen Gnaden da schnell zufahren wollten wie der Ochs ins Heubündel so eine Überraschung, eine kleine Entführung

FLITT. Wahrhaftig, der Gärtner ist nicht so dumm wie er aussieht! *Auf und nieder gehend, für sich.* Laube hochgräfliche Gnaden Nelkenstrauß *Laut zu Knoll.* Hör, Knoll, wir rechnen auf deine Anhänglichkeit

KNOLL. Wie Pech, gnädiger Herr. Ich hoffe, Ew. Gnaden werden auch dann den armen ehrlichen Knoll nicht vergessen, wenn einmal

FLITT. Man wird deine vergangenen Gefälligkeiten nach deinen zukünftigen Diensten zu belohnen wissen. Gold wie Treue, Knoll, aber vorher: treu wie Gold!

KNOLL. Gold, Gold!

FLITT. Gut also kennst du die letzte Laube dort an der Abendseite dieses Parks?

KNOLL. Ja, wo das kleine Pförtchen aus dem Garten in den Wald führt.

FLITT. Ganz recht. *Nachdem er sich nach allen Seiten umgesehen hat, leise.* Dort wird die Gräfin heut abend um zehn Uhr heimlich mit mir Du verstehst mich

KNOLL. Versteh, verstehe, ein heimliches bete a bete.

FLITT. Der Platz ist einsam, abgelegen auf was soll ich warten? Durch Verschieben kann leicht alles wieder verschoben werden. Wenn du um zehn Uhr im Walde deine Pferde und Wagen bereithieltest

KNOLL. Und die Gräfin daraufgesetzt und zickzack mit ihr fort durch die Nacht und den Wald

FLITT. Nach deinem Hotel, daß sie nicht weiß, wie und wo sie hingekommen! Nun willst du?

KNOLL. Parasol d'honneur, ich bin dabei! Solche lustige Einfälle und Fasanerien sind mir gerade recht bei Tag und bei Nacht! ich will am Pförtchen zum Signal wie ein Uhu pfeifen, oder wie eine Rohrdommel das soll einmal ein Jubiläum geben diese Nacht!

FLITT. Still, ums Himmels willen still! geheimer Anschlag steht auf hohlem Boden, da darf man nicht so massiv drauf herumtrampeln, sonst gibt es eine Resonanz. Kurz: die Sache ist abgemacht, und nun gehe, sie dürfen uns hier nicht zusammen sehen.

KNOLL. Ich verstehe Punkt zehn Uhr im Walde empfehle mich in Ihre hohe Profession. *Ab.*

FLITT. Das ist die Beutelschneiderei, denk ich; hat allerdings ein hohes Ziel, daß der längste Kerl mit den Fußspitzen den Boden nicht erreicht. Aber wozu halten sie mich hier gerade für einen Grafen? und wozu will man mit aller Gewalt gerade diesen Grafen heiraten? Gleichviel! wer viel grübelt, fällt zuletzt selbst in die Grube. Die Grafenkrone sitzt mir verdammt schief und wacklig, ich muß die Zeit benutzen, ehe der Wind umschlägt und sie mir wieder vom Kopfe reißt. Was kann mir geschehen? Will mich die Gräfin wirklich, so ist es gut. Will sie mich nicht, so ist es auch gut; so muß ich das geheime Rendezvous samt der Entführung mit dem Mantel der Verschwiegenheit bedecken, wenn ich Lust habe; und dieser Mantel muß, wenn ich dazu Lust haben soll, so reich mit Gold gestickt und so ungeheuer weit sein, daß ich mich und Knolls dicken Bauch bequem dareinwickeln kann. Aber nur sachte, Flitt, nur vorsichtig! diese vorwitzige, schnippische Kammerjungfer darf nicht in der Nähe sein. Alle das müßige Gesindel, welches hier, wie die Fledermäuse, durch die Dämmerung schwärmt, muß ich um die zehnte Stunde auf die entgegengesetzte Seite dirigieren. Laß sehen, da kommt gleich einer.

LEONARD *tritt auf.*

FLITT. Guten Morgen, Herr Florestin.

LEONARD. Morgen, morgen!

FLITT. Nein, guter Rat darf nie zu morgen verschoben werden; noch ein paar solche Morgen wie vorhin da vom Balkon geben sonst wahrhaftig gar bald eine gute Nacht.

LEONARD. Also: gute Nacht! wie Sie wollen. *Er will gehen.*

FLITT *ihn zurückhaltend.* Nicht doch, mein Bester! ich meine es wahrlich gut mit Ihnen und mein Rang, meine Verhältnisse berechtigen, ja verpflichten mich einigermaßen doch, was rede ich da in meinem freundschaftlichen Eifer! mein Herr, ich rechne auf Ihre Diskretion

LEONARD *für sich.* Der Kerl ist wahrhaftig imstande, sich selbst für mich zu halten! Laut: Genieren Sie sich nicht, wenn Ihnen bei Ihrem Inkognito die Haut zu enge wird, fahren Sie immer ein wenig mit dem Ellbogen heraus.

FLITT *erschrocken nach seinem Ärmel sehend, für sich.* Ellbogen heraus? dacht ich doch wirklich schon wieder *Laut.* Nun, ich wollte nur sagen, daß ich hier im Schlosse, wie Sie wissen, auf ziemlich gutem und festem Fuße stehe.

LEONARD. Ja, vor der Mahlzeit.

FLITT. Wir haben uns da unverhofft ganz aus unserm ursprünglichen Diskurs herauskomplimentiert. Was war es doch? Ja Sie unterhielten sich, wenn ich nicht irre, vorhin mit der Kammerjungfer. Schätzen Sie dieses Frauenzimmer?

LEONARD. Nein, denn ich will sie nicht kaufen, wenn sie nicht umsonst mein Schatz werden mag.

FLITT. Freundchen, sein Sie auf Ihrer Hut Freundchen! Sie ist eine falsche Münze entre nous auf jeder Seite das Bild eines andern Potentaten.

LEONARD. Entre nous? Allerdings, wenn sie zwischen uns beiden steht und bei dem einen, deucht mir, kommt schon das Kupfer aus der Nase.

FLITT. Möchten Sie nicht die Güte haben, mich gelassen anzuhören? und, wenn Sie mir nicht glauben, sich heut abend um zehn Uhr gefälligst dort an die Morgenseite des Parks, unter die hohen Linden zu verfügen?

LEONARD. Nun geschwind, was soll's?

FLITT. Was es nicht sollte. Ich saß zufällig im Gebüsch sie merkten mich nicht da verabredete die Kammerjungfer auf heut abend zehn Uhr ein Stelldichein unter jenen Linden mit dem Flötenspieler Arthur.

LEONARD *ihn an der Brust fassend.* Das lügst du, feiger Schleicher!

FLITT. Ei was der Tausend! Lassen Sie mich los, lassen Sie mich gleich los! Und just! ich bleibe dabei, ich schrei es durch den ganzen Garten: sie hat ein gutes Herz, ein großes Herz, wie ein Wirtshaus!

LEONARD. Mensch, ich erwürge dich, wenn du nicht gleich auf deinen Knieen bekennst, daß du ein schimmlichter schäbiger Schuft bist.

FLITT. Auf den Knieen? Nimmermehr! Stehend will ich

LEONARD. Nun möchtest du wohl die Güte haben?

FLITT *noch immer von Leonard festgehalten, kniet nieder.* Ich bekenne, daß ich ein Schuft

LEONARD. Nein, ein schimmlichter

FLITT. Ein schimmlichter, schäbiger Schuft bin

LEONARD *ihn loslassend.* Amen! denn da kommt eben jemand ich empfehle mich in Ihr gütiges Andenken! *Ab.*

FLITT *aufspringend und hinter Leonard ein Schnippchen schlagend.* Und er geht doch heut abend unter die Linden! Seht doch! Ja schüttle nur, droßle nur, du tapferer auf der Gurgel spielender Musikant, du! O ja, Tapferkeit! eine ochsige, eine stoßige Tugend, wenn's Hirn ins Horn geschossen ist!

ADELE *rasch auftretend.* Was für ein wüster Lärm! ist alle Zucht denn hier entflohen? Von dem widerwärtigen Schalle werden rings die Echos wach, wie Janhagel, wenn Trunkne durch die Gassen ziehn!

FLITT. Nur zu! nur immer zu, mein muntrer Stier! laß Sie mich jetzt, Jungfer, und menge Sie sich nicht drein. O ich will dir einen Popanz vorhalten von roter Liebe und gelber Eifersucht stoß nur drauf zu, daß dir dein Notenkasten von Schädel wackelt!

ADELE. Aber, bester Herr Flitt, was ist Ihnen denn widerfahren, warum sind Sie auf einmal so wütend geworden? Und wie Sie aussehn! Der Hut auf der Erde was gibt es denn? Herr Florestin eilte eben ganz verstört von Ihnen.

FLITT *sich sammelnd indem er den Hut aufsetzt.* Tat er das? Ich kann es ihm nicht verdenken, gar nicht, ja das kann eine schlimme Geschichte werden, aber ich frage nichts darnach.

ADELE. So sprechen Sie doch nur.

FLITT. Man spricht nicht gern von so etwas, es ist nicht meine Art, zu prahlen. Pah, eine Kleinigkeit Herausforderung

ADELE. Wie! mit Florestin?

FLITT. Ja, er tut mir leid, aber er wollte es nicht besser haben.

ADELE. Aber was brachte Sie denn so aneinander?

FLITT. Aneinander? Eine Jungfer darf nicht alles wissen. Es wird sich abends alles ausweisen, dort unter den hohen Linden o ich wollte, die zehnte Stunde wäre schon da!

ADELE. Was, ein Duell um zehn Uhr! da ist es ja schon finster.

FLITT. Finster oder nicht, mir alles gleich! Glaubt Sie denn, daß die Tapferkeit sich vor Gespenstern fürchtet? ich brauche nicht mehr Mondschein, als auf meiner Degenspitze Platz hat, um sie meinem Gegner in das Herz zu stoßen. Es sind noch keine vier Wochen hin, denk ich, da hatte ich auch einen solchen Milchbart vor der Klinge, Locken an den Schläfen wie ein Merino und Ringe in den Ohren. Auf Ehre, dachte ich, das lohnt nicht, so in Milch und Blut zu stoßen, das hält keinen Stich. Es war im Walde, er legt sich in die Parade, er fällt aus, sticht rechts und links um sich. Ich lasse das gut sein, vigiliere immerfort auf sein Ohrläppchen, dränge ihn endlich an einen Baum und stoße plötzlich durch seinen Ohrring in den Baum hinein, daß die Degenspitze von der andern Seite des Stammes wieder herauskommt. So spickte ich ihn an wie einen Schmetterling, und wenn ihn nicht jemand losgemacht hat, so hängt er noch heute.

ADELE *für sich.* O ich wünschte, er hinge lieber selbst an beiden Ohren! *Laut.* aber Herr Flitt, das sind gewiß nur kleine Mißverständnisse mit dem Florestin, gibt es denn gar kein anderes Mittel?

FLITT. Zu spät, gute Jungfer, alles zu spät, auf Ehre, er hat einmal mein Wort! Blut will ich sehn, Blut, sag ich, Blut! Schade in der Tat um den jungen Menschen, er sähe nicht übel aus, wenn er nicht so einen gewissen sentimentalen, einfältig hängenden Zug am rechten Mundwinkel

ADELE *rasch.* Das habe ich nie bemerkt, Herr Flitt, das ist nicht wahr, das *Schlägt, plötzlich abbrechend, die Augen nieder.*

FLITT. Nun, es kann auch vielleicht der linke Mundwinkel sein. Was geht denn aber Sie Herrn Florestins Mund an? Sie wird ja über und über rot.

ADELE. Ich? o nein ich wollte nur o Gott, ich weiß vor Verwirrung nicht mehr was ich rede! verwünschte Maskerade! *Sie eilt fort.*

FLITT. Na, die geht auch zu den Linden! Verliebte und Verrückte sind leicht zu betrügen, sie gehen beide geradeaus auf ihre fixierten Ideale los dem Himmel sei Dank, ich bin niemals sonderlich verliebt gewesen! Nun muß ich noch den Flötenspieler und den Schlender haranguieren, damit sie mir nicht etwa wie die wilden Gänse in mein Wachtelnetz hineinfliegen und mir die Maschen verwirren. *Ab.*

VICTOR *tritt auf.* Aha, da streicht der alte Fuchs hinter seiner spitzigen Nase her ins Garn hinein. Den Schlender hab ich auch schon um zehn Uhr zur Laube bestellt, und gleich darauf werfe ich die nämliche spanische Fliege dem Schreibesel Fleder hinter die langen Ohren, das zog vortrefflich, lauter philosophische Blasen. Ich sah ihn soeben voller Nachdenken vorüberschreiten. »Aber der Auftrag, das Vertrauen des Herrn Präsidenten!« sagte er zu sich selbst und blieb mit verschränkten Armen stehn, »wie, und ist es nicht des Mannes höchste, älteste Pflicht, sich Raum zu schaffen in der Welt zu edlem, großem Wirken?« der kalekutische Hahn im nahen Hühnerhofe gollerte eben dazwischen da schritt er stolz weiter, stand wieder still und sprach: »Warst du nicht eher Mensch, als Hofrat, Fleder? Die Liebe kennt Präsidenten nicht, und ist sich selber König!« Ja, Ew. Majestät, es werden noch ein paar solche Monarchen im Dunkel eintreffen, und blutige Kronen dürften nicht rar sein. *Ab.*

Zweite Szene

Anderer Teil des gräflichen Gartens. Flitt und Schlender sitzen an einem Tisch, auf welchem Weinflaschen und Gläser stehen.

FLITT. Nunc est bibendum, nunc pede libero pulsanda tellus! Aber du verstehst nichts von der klassischen Literatur, als bibendum.

SCHLENDER. Was heißt das andere zu deutsch?

FLITT. Das heißt: wir sind bei Hofe hier, so müssen wir denn auch die Hofetikette beobachten und uns einen Haarbeutel anhängen. *Er trinkt.*

SCHLENDER *trinkend.* Die sind hier wohlfeil. Aber höre, Flitt, wenn du so früh anfängst, siehst du nachher den ganzen Tag aus wie ein feuriges Gewitter.

FLITT. Desto besser! du bist mein Blitzableiter, in den alle Witze einschlagen. *Trinkt.* Hol der Teufel das vornehme Leben, die Langeweile trocknet aus und macht durstig; ich glaube, mir wachsen schon schnöde Pilze auf meinem guten Humor.

SCHLENDER. Ja, war das heut früh nicht ein Gekicher und Spektakel unter den Damen, als ich mein Kompliment machte und mir ein paar lumpige Federn im Haar und Rock hingen, weil ich mich gestern abend aus Versehen im Frack zu Bett gelegt hatte!

FLITT. Ja, und ist es nicht gescheuter, wenn dir ein Bauer mit allen fünf Fingern durch den Schopf fährt und dir den Rock am Leibe ausklopft, ohne sich erst lange nach einem Trinkgeld dafür umzusehen?

SCHLENDER. Ach, was Bauer! So ein Mensch ist ein Esel wie ich, da geht alles natürlich zu, aber so eine Dame

FLITT. Die sich schämt, ein Mensch zu sein. *Er trinkt.* Hol's der Teufel! Nichts als Finten und Schwermut in der Welt!

Er singt.

Einstens, da ich Lust bekam,

Mir zu freien eine Dam

Wie geht es doch weiter? Stimme mit an, Schlender!

SCHLENDER. Ja, ja, das Lied von des guten Kerls Freierei! So ein Rundgesang muß recht vornehm klingen hier in dem Park.

Beide singen.

Einstens, da ich Lust bekam,

Mir zu freien eine Dam,

Und sie freundlich fragte.

Ob ich ihr auch wohlgefiel;

»Wahrlich nicht besonders viel!«

Sie gar spöttisch sagte.

FRIEDMANN *eilig eintretend.* Aber um Gottes willen, meine Herren, wo denken Sie hin? So ein Spektakel, hier im Garten, bei hellem lichtem Tage!

FLITT. Ei, ei, ei, Friedmann, das hätt ich nicht geglaubt von Euch. Bei hellem Tage? Wann soll man denn singen? O nein, guter Gärtner, das Nachtschwärmen ist nicht für moralische junge Leute, laßt solche liederliche Gedanken, geht in Euch, alter Mann, geht in Euch!

SCHLENDER. Ja, geht!

FRIEDMANN. Wahrhaftig, ein ehrbarer Lebenswandel würde Sie besser kleiden.

FLITT. Kleiden! Seht Ihr wohl, schon wieder!

SCHLENDER. Ja in der Tat, schon wieder!

FRIEDMANN *rasch und empfindlich zu Schlender.* Was denn schon wieder, Herr Musikant?

SCHLENDER *zusammenfahrend.* Na, was weiß ich denn! Erschreckt einen doch nicht so, unvernünftiger Mensch!

FLITT. Ruhe, Ruhe da! Besser kleiden, sagtet Ihr, Friedmann? Schämt Euch, eitler Greis! Ein Philosoph gibt nichts auf Kleider, große Männer haben große Blößen.

FRIEDMANN. Nun, ich will nicht prophezein aber wenn die Gräfin erfährt sie könnte sich wohl besinnen

FLITT. Oho! *Er singt.*

Daß im Wald finster ist,

Das machen die Birken,

Daß mich mein Schatz nicht mag,

Das kann ich nicht merken.

SCHLENDER *singt.*

Nein, das kann ich nicht merken!

FRIEDMANN. Das wird nun eine gute Geschichte, da kommt sie selbst dazu.

ADELE *rasch auftretend.* Sie, Herr Flitt! Ich dürfte wenigstens bei Ihnen mehr gute Lebensart voraussetzen.

FLITT. Gute Lebensart? Wir leben hier ganz gut.

Er singt, während Schlender wieder mit einstimmt.

Ich sprach wieder: »Bin ich nicht

Ein gut' Kerle, gebt Bericht!«

Drauf fragt sie mich wieder:

Was denn ein gut' Kerle wär?

Ich sprach: »Setzt Euch unbeschwert

Etwas zu mir nieder.«

ADELE. Ich mich noch zu Euch hinsetzen? Nein, wahrhaftig, ich weiß nun genau, was so ein guter Kerle ist, ich will ein Loblied auf ihn singen.

FLITT. Ja, tunk da erst dein Schnäbelchen mit ein, dann singe.

SCHLENDER. Ja, tunke Sie!

ADELE *zu Friedmann.* Was fangen wir mit ihnen an?

FRIEDMANN. Ich habe die Herren schon gebeten, sich zu moderieren, aber

ADELE. Oh, ich möchte lachen, wenn ich vor Ärger könnte! Zu Flitt: Nun, das ist wahrlich der Anfang vom Ende, es soll rasch alles klarwerden! *Ab, während Friedmann achselzuckend an ein Beet tritt und sich mit den Blumen beschäftigt.*

FLITT und SCHLENDER *singen.*

> »Wollt Ihr nun, so ist es klar,
>
> Und wir werden bald ein Paar«,
>
> Drauf spricht sie gar sachte:
>
> »Ihr mögt mir nach allem Schein
>
> Gar ein guter Kerle sein«;
>
> Schmunzelt drauf und lachte.

FLITT *plötzlich aufspringend.* Silentium! dort kommt wahrhaftig die Gräfin her! Geschwind, decke die Batterie, Schlender, unterhalte die Gräfin, bis die Flaschen unter den Tisch gebracht sind!

SCHLENDER. Laß du mich nur machen.

Er geht ab, während Flitt den Tisch abräumt, und kehrt dann mit Flora im Gespräch zurück.

FLORA. In der Tat, ich verstehe nicht recht was Sie meinen

SCHLENDER. Ha, ich verstehe, ich verstehe! Dort nahen kalte Menschen o niemals soll das zudringliche Maul des Tages belauschen, was das plauderhafte, gefühlvolle Ohr der Nacht

FLORA. Wie?

FLEDER *tritt von der andern Seite auf.* Guten Morgen, meine Gnädigste! *Geheimnisvoll mit zärtlichem Nachdruck.* O könnt ich guten Abend sagen schon!

FLORA. Guten Abend schon? da fingen wir ja den Tag von hinten an.

FLEDER. Gleichviel, schöne Gräfin, gleichviel es gibt keine Zeit, wo ein glückliches Herz schlägt.

SCHLENDER. Ja, da fängt die unsterbliche Ewigkeit an!

FLORA *welche beide verwundert angesehen, den Flitt bemerkend.* O bester Herr Flitt, warum stellen Sie sich dort unter den Scheffel der Bescheidenheit? Ich bitte Sie, helfen Sie mir die beiden Herren hier aufhalten, sie nehmen eben einen Anlauf, über diesen Tag hinwegzusetzen.

FLITT. So plumpen sie jenseits in die Nacht. Ich für meine Person begnüge mich, nur den Saum der Nacht leise umzuschlagen, wie ein Karbonaro seinen Mantel, wenn er auf heimliche Verbindungen ausgeht.

FLORA. Wie, auch Sie? Aber weshalb sind Sie denn alle gegen diesen Tag so erbost?

SCHLENDER *in Ekstase.* Tag? O der Tag, der zerstreuungsvolle Tag er fährt

FLITT *dicht vor ihn tretend, leise.* Du bekommst wieder deinen poetischen Stich, schweig, oder ich trete dir die große Zehe platt.

SCHLENDER *wie oben.* Laß mich! Der verschwenderische Tag, er fährt mit seinem balsamischen Staubmantel über die tränenduftende Stirne der Nacht und läßt das Veilchen unzerknickt, weil noch das Lämpchen glüht, und wandle auf Tuberosen und Vergißmeinnichts!

FLORA. Vortrefflich, wollen Sie sich nicht mit der Violine dazu akkompagnieren? Das ist ja wie aus einem Stammbuch, das der Wind durcheinanderblättert, von jedem Blatt eine Zeile.

FLITT *leise zu Flora.* Lassen Sie ihn schwatzen ich puppe mich unterdes in einen Schleier, bis mich der Mondschein ausbrütet, wie einen Nachtfalter.

FLORA. Schleier? was denn?

FLEDER *heimlich zu Flora.* Ich lege die Hand aufs Herz und sage nichts, als Nelke!

FLORA. Nelke? *Für sich.* Träume ich denn, oder sind sie alle hier vor lauter Müßiggang toll geworden?

SCHLENDER *leise zu Flora.* Ha meine Gedanken alle stehn in jenem grünen Holz!

FLORA *ihm furchtsam ausweichend.* So lassen Sie sie nur stehen! *Mit einer leichten Verbeugung gegen alle.* Der Herr behüte Sie auf Ihren Holzwegen! *Ab.*

VICTOR *zwischen dem Gebüsch hervorsehend.* Ho, ho! hier ist, wie mir scheint, die Konfusion soeben im besten Humor. Laß sehen, ob ich sie aneinanderbringen kann. *Er tritt vor.* Was ist hier geschehen, meine Herren? Soeben eilte die Gräfin fort und prustete und nieste, blickte in die Sonne und nieste noch einmal.

SCHLENDER. Ja, Gott helf ihr! es gibt nächtliche Tageszeiten, wo keine Sonne scheint, und im Finstern geht der tugendhafteste Mensch darauf los, wie blind!

FLITT. Aber, Schlenderchen, Schlenderchen, du bist wahrhaftig zu voll, die Gedanken laufen dir schon über.

SCHLENDER. Was! ich mach mir nicht so viel aus ein paar lumpigen Gedanken! O meine Wege sind nicht die deinigen!

FLITT. Nein, also geh du nur jetzt deiner Wege.

VICTOR *leise zu Schlender.* Wollen Sie das leiden? Er zeigt Ihnen

SCHLENDER. Was zeigt er mir? Das sagen Sie mir einmal!-Seht doch ob ich leide oder nicht leide und das geht Sie gar nichts an!

Er schreitet zornig über die Bühne auf und nieder.

FLITT *sich vornehm zu Fleder wendend.* Apropos, mein Lieber, werden Sie uns nicht einmal auf Ihrer Flöte etwas zum besten geben? Ich bin ein großer Gönner der Musik.

FLEDER. Ja, ich hoffe nächstens einen Ton anzugeben, der Sie in Erstaunen setzen dürfte.

VICTOR *leise zu Fleder.* Besser, stärker angesetzt! blasen Sie die Backen auf wie auf der Drommete!

FRIEDMANN *sich von seiner Arbeit aufrichtend, zu Victor.* Was ist denn das, wie sprechen denn die heute alle so verwirrt?

VICTOR *auf die Stirn deutend.* Hier wißt Ihr noch nicht? manchmal Anfälle

FRIEDMANN. Wie! eines unglücklichen Deliriums?

SCHLENDER *plötzlich vor Flitt stehenbleibend.* Und nun fängt es mich erst recht an zu wurmen und wenn ich einmal in die Courage hineinkomme

FLITT. Hör Schlender, bei der Gelegenheit muß es endlich heraus. Ja, dieser gemeine Ton diese gewisse Familiarität zwischen uns, das muß künftig ganz aufhören.

SCHLENDER. Was?

FLITT. Es gibt Lagen in menschlichen Verhältnissen wo man aus gebührender Rücksicht auf seine Familie

SCHLENDER. Ih herrje! lauter Bärenführer und Puppenspieler! O ja, ich gehe, wer in Pech tritt, läßt leicht den Absatz drin stecken. Ich empfehle mich, Herr Don Tragödio dellas Comedias! *Ab.*

FLITT. Ich habe es lange prophezeit, er wird so lange schnapsen, bis er überschnappt. *Zu Fleder.* Wie gesagt, wenn ich Ihnen vielleicht dienen kann es geschieht nichts weniger als gern meine Reisen bedeutende Konnexionen nun, wir sprechen weiter davon.

FLEDER. O ja, ich bitte, wenn es beliebt, so spät und weit als möglich. *Für sich.* Ich fürchte mich vor ihm ganz der gläserne Blick des stillen Wahnsinns

FLITT. Adieu, Gärtner! *Ab.*

FRIEDMANN *mit einer tiefen Verbeugung.* Untertänigsten guten Morgen! Bei alledem doch ein recht humaner, herablassender Herr

FLEDER *erstaunt.* Wie ist Ihnen denn, mein Guter? warum erweisen Sie diesem Manne so unverhoffte Ehrerbietung?

FRIEDMANN. Ich diesem Herren? Schauspieler, wollt ich sagen. In der Tat: man kann bei solchen Schauspielern niemals aus dem ersten Auftritt ihren letzten Abtritt voraussehen heute mitten unter uns, morgen über uns.

FLEDER. Abtritt? über uns? *Zu Victor leise.* Was ist denn das? Sie müssen der Mann ja genau kennen ich hoffe doch nicht?

VICTOR *ebenso.* Wahrhaftig, ich kann nicht leugnen sein Verstand fuselt bisweilen.

FLEDER *zu Friedmann.* Nun, nun, beruhigen Sie sich, schon gut, schon gut, es kann hier bald, ja über Nacht, manches anders werden, man wird gern Rücksicht nehmen ich werde nie aufhören, Mensch zu sein.

FRIEDMANN *für sich.* O Gott, er hat wahrhaftig soeben seinen Anfall! *Laut.* Möchten Sie nicht Ihre Flöte ein wenig vornehmen, vielleicht wird Ihnen besser?

FLEDER. Besser? Armer Mann!

FRIEDMANN. Ih! Schade um den feinen Verstand!

Beide, sich voreinander scheuend, von verschiedenen Seiten ab.

VICTOR *ihnen mit dem Hute nachschwenkend.* Hetzoh, Hallali! das ist ein herrliches Jagdwetter heut! Und ist noch irgend Wahrheit in der Wahrscheinlichkeit, so erleben wir heut abend die kostbarste Prügelei, wenn die drei bei der Laube unversehens zusammenstoßen! *Ab.*

Dritter Aufzug

Erste Szene

*Zimmer im Hause des Gärtners. Flora, als Offizier verkleidet, sitzt auf einem Stuhl, Marie
kniet vor ihr und schnallt ihr die Sporen an.*

FLORA.

Aber, Mühmchen, hast du auch recht vernommen?

MARIE.

Ich saß ja dicht hinter einem Strauch.

Sie wollen alle zur Laube kommen,

Graf Flitt und Schlender und Fleder auch,

Sie bilden wahrhaftig sich ein, die Narren,

Die Gräfin würd ihrer dort abends harren.

Pfui, das war ein Strecken und Blähn und Geschniegel

Nichts langweil'ger, als ein zärtlicher Mann!

FLORA.

Ei nun, das kommt noch gar sehr drauf an,

Verliebte Augen sind lustige Spiegel,

Man sieht doch noch drin, daß man jung und schön.

MARIE.

Hm da brauch ich bloß in den Brunnen zu sehn.

FLORA.

Aber hör, mit dem Victor wie war das doch?

MARIE.

    Mit dem? Nun ich saß in dem Strauche noch,

    Da schlich er durch den Garten ganz leise, leise

    Und lacht in sich und blickt im Kreise,

    Und ein Bündel trug er unter dem Arm,

    Hauben und Bänder und Mäntel von Seiden,

    Als wollt er seine Braut zur Hochzeit kleiden,

    Alles zerknüllt, daß Gott erbarm!

FLORA *rasch aufspringend.*

    Es ist aber auch hier unausstehlich schwül!

MARIE.

    Ei, 's ist gleich Nacht ja, es wird schon hübsch kühl.

FLORA *an das offene Fenster tretend.*

    Ich bitt dich, Herzensmühmchen, so mach nur geschwind,

    Und putze mich aus aufs allerbeste

    Draußen rührt schon der Abendwind

    Vor dem Fenster die dunkeln Äste

    Der Springbrunnen rauscht, und die Sterne scheinen

    Was mag er nur mit dem Brautstaat meinen?

MARIE *mit Floras Anzug beschäftigt.*

    Der Victor? Das blitzt wie von Edelsteinen!

    Ein Offizier müßt's sein, wenn ich einmal freite,

    All' andern sehn aus wie gemeine Leute.

FLORA.

    Ich weiß doch ein Mühmchen, die auch Jäger gern mag.

MARIE.

Nein, die schmauchen mir gar zuviel Tabak!

FLORA.

So wendst du das Näschen und reichst ihm die Wange.

MARIE.

Wenn's der Victor just wär ich besönn mich nicht lange,

Er hat einen recht hübschen Schnitt um den Mund.

Aber sein Schnurrbart spielt alle Farben,

Das zeigt auf Falschheit im Herzensgrund,

Ich möcht ihn nicht zum Liebhaber haben.

FLORA.

Nun weiß ich doch, wo seine Feinde zu sprechen.

Weil er kein Narrengesicht kann sehn

Ohne eine Nase daran zu drehn,

So möchten sie ihn nun alle mit den Nasen erstechen

Oh, die ärgsten sind die Stiller im Lande,

Die schleppen so schwer an ihrem Verstande,

Daß sie nicht kommen zu Lust und Witz,

Sie möchten gern donnern, aber es fehlt der Blitz

MARIE *in Lachen ausbrechend.*

Gefangen! Zisch aus! Du wirst ja ganz wilde.

FLORA.

Ach! was nur führst du da wieder im Schilde!

MARIE.

Hm ich denke nur so was mir eben gefällt.

FLORA.

Du bist recht kindisch.

Sie schnallt den Degen um, und setzt den Hut auf.

Nun frisch ins Feld,

Ich bin jetzt gerade im rechten Humor!

MARIE.

Aber was hast du denn eigentlich da draußen vor?

FLORA.

Rettung, Entlarvung, List, Händel, Rumor.

Erst stell ich mich heimlich hinter die Laube,

Bis sich die Bande versammelt zum Raube,

Dann brech ich als weitläuftiger Vetter vom Haus,

Der eben von Reisen kommt, plötzlich heraus,

Staun, frage, drück in die Augen den Hut,

Und wenn alles konfus recht, ruf ich voll Wut

Diener und Fackeln und spieße verwegen

In der Luft so die Haube mit meinem Degen,

Die über dem Scheitel der Gräfin tut zücken.

Komm auch mit, lieb Mühmchen.

MARIE.

Das möchte sich schicken!

So unter Männern in dem Gewirr!

FLORA.

Hüt dich! kluge Vögel werden am ersten kirr.

Beide ab.

Zweite Szene

Ein vom Schloß entlegener Teil des Gartens mit einer Laube zur Seite

Es ist schon dunkel. Die Gräfin Adele tritt rasch auf, sich nach allen Seiten umsehend.

ADELE.

Hier auch kein Laut rings nur die Bäume rauschen;

Das Schloß steht leer; wem ich begegne, weicht

Geheimnisvoll mir aus, und Büsch und Marmorbilder

Sehn in der Einsamkeit mich seltsam an,

Als schauert' alles heimlich vor den Schatten,

In die vielleicht ein fröhlich atmend Herz

Auf ewig bald versinkt! Dort an den Linden,

Wo sie sich treffen wollten, ist's todstill.

Er täuschte mich wohl nur, um ungestört

Ihn anderswo zu morden. Oh, schon wächst

Und wächst das Schweigen rings; was soll ich tun,

Was lassen in der Not! Vieltausendmal

Rief seinen Namen ich im Herzen leise,

Und wag's nicht, laut zu schreien, wie ich möcht!

O Nacht, verhülle ihn und meine Schande!

Sie sinkt, das Gesicht verhüllend, auf einen

Rasensitz, dann sich wieder aufrichtend.

Seit wann kenn ich die Angst? Es ist vorüber!

Nie sag die Welt: die Tochter hoher Helden

Sei so entartet aller Heldenhoheit,

Daß sie verlernt, sich selbst zu überwinden.

Jetzt gleich, eh blut'ges Unheil sich begibt,

Brech ich die Rätsel dieser Mummerei,

Die dem gemeinen Trieb der Welt mich gleichgestellt.

Noch einmal, als die f r e i e   H e r r i n , tret ich

Vor Florestin und seh ihn nie mehr wieder!

Ab.

FLORA *als Offizier, tritt vorsichtig auf.* Horch nein, es war der Wind im Laube. Da schlägt es zehn im Dorfe unten. *Sich schüttelnd.* Es ist auch so entsetzlich still im ganzen Garten, daß man alle Bäche aus der Ferne rauschen hört. Da Fußtritte es kömmt näher geschwind in mein Versteck!

Sie verbirgt sich hinter der Laube.

Victor führt den Schlender an der Hand herein. Letzterer ist als Dame verkleidet, hat einen Schleier auf dem Hut und einen Nelkenstrauß an der Brust.

FLORA *leise.* Was ist das? Victor mit einer Dame!

SCHLENDER. Also die Gräfin wollte durchaus, daß ich als Frauenzimmer?

VICTOR. Scht, scht! Das versteht sich und der Nelkenstrauß ist das Feldzeichen, damit sie Sie gleich erkennt.

SCHLENDER. Aber die Gräfin selbst?

VICTOR. Wie ich Ihnen schon sagte, sie kommt als Mann, ganz wie Herr Arthur gekleidet. Merken Sie wohl? verdammt schlau!

SCHLENDER. Ja wahrhaftig, verdammt pfiffig!

VICTOR. Aber die Nacht hat lange Ohren die Gräfin wird daher, um alles Aufsehen zu vermeiden, auch ganz die Stimme des Herrn Arthur nachahmen; lassen Sie sich dadurch nicht irremachen.

SCHLENDER. Ich! da kennen Sie mich schlecht ich irremachen! da bin ich gerade der rechte Mann darnach.

VICTOR. Das mein ich selbst. Aber Sie müssen auch Ihre Stimme etwas dünner machen.

SCHLENDER. Oh, das versteh ich aus dem Grunde! wenn mir zuweilen auf meiner Geige die Quinte springt, spiel ich sie mit dem Munde durch die ganze Sonate weiter fort.

VICTOR. Vortrefflich! So spielen Sie nur, Gott weiß, wer den Takt dazu schlagen wird. Und nun geschwind den Schleier herab! *Er bedeckt damit Schlenders Gesicht.* So jetzt lasse ich Sie mit Ihrem Glück allein. *Für sich.* Ich muß nun das andere Wild stellen. *Ab.*

SCHLENDER. He, Herr Victor, bleiben Sie, bleiben Sie doch noch ein wenig! da streicht er wie eine Fledermaus durch die Gebüsche.

FLORA. Wo sie nur so auf einmal hergelaufen ist? Wie ein in Gedanken stehengebliebener Haubenstock! O ein auserlesener Geschmack, den der Victor hat! Ob ich ihr lieber gleich die Augen auskratze?

SCHLENDER. Das ist das allerdümmste bei der Liebe, daß sie immer nachtwandeln will, wenn alle andern vernünftigen Kreaturen schlafen. Ich fürcht mich grade nicht was regt sich da? Ich will nur etwas singen, das zerteilt die Gedanken. *Er singt.*

 Der Himmel ist so trübe,

 Es scheint nicht Mond noch

 Heda, wer ist da? wer ist da?

FLEDER *tritt auf, für sich.* Das ist die Gräfin der Schleier der Nelkenstrauß *Laut zu Schlender.* Wie! Ich erstaune hier in Nacht und Tau

SCHLENDER *galant und immer mit verstellter Stimme.* O es dürften wohl vielmehr die perlenden Tränen sein, die mein gefühlvolles Herz so im Promenadieren verloren hat.

FLORA *für sich.* Was! Ihr Herz hat doch nicht Löcher? Nun, ich glaub es wohl, Amors Pfeile mögen es schon übel zugerichtet haben.

FLEDER *zu Schlender.* Ich würde nie gewagt haben, dieses stille Gedankenheiligtum zu betreten aber jener kleine Nelkenstrauß sein Duft zieht Zauberkreise durch den stillen Garten rings, ich taumelte berauscht nun richten Sie, verdammen Sie, wenn ich zu kühn

SCHLENDER. Au contraire! Ich bin Ihnen außerordentlich verbunden für Ihre lange Nase wollt sagen wohlriechende Nase wollt sagen: daß Sie so weit riechen können

FLEDER. Oh, wie unwiderstehlich kleidet Sie dieser natürliche Schmuck süßen Gekoses!

SCHLENDER. Ja, ich kann es nicht leugnen, mein Bau ist nicht übel, ich bin von jeher so ein dünner Schlankel gewesen.

FLEDER. Ja, das ist sie, das ist die Sprache der Liebe!

SCHLENDER. Oh, ich kann' s manchmal noch feiner, aber es greift die Lunge an.

FLEDER. Die Lunge? So schweigen wir. Der Liebe Schweigen ist Gesang! Oh, ich wüßte einen Mann, den ein einziger Druck dieses Händchens

SCHLENDER. Mann? Nein, wahrhaftig, wenn ich jemanden drücken sollte, so wäre es nur eine Dame.

FLEDER. Eine Dame?

SCHLENDER. Eine gewisse schöne Gräfin

FLEDER. Die hier nicht weit ist

SCHLENDER. Ja, und deren kirschrote Hand ich gern an meine Lilienlippen

FLEDER. Wie! Sie wollen sich selbst die Hand küssen?

SCHLENDER. Mir selbst? Das ist ja heute lauter Konfusion. Es ist auch so finster hier, daß man sein eigen Wort nicht versteht. Aber es wundert mich nur, wie Sie so grob reden können.

FLEDER. Ich grob? –

SCHLENDER. Ja, wirklich ganz wie der Herr Arthur.

FLEDER. Nun, das wäre eben keine große Kunst.

SCHLENDER. Nein, wahrhaftig nicht so ein verlaufener Stadtpfeifer! O werfen Sie diese Verstellung ab, wir sind unter uns, sein Sie wieder, wie Sie die Natur geschaffen hat!

FLEDER. In der Tat, ich fühle mich wunderbar überrascht ich kann nicht in Abrede stellen es könnte sein, daß hinter dieser bescheidenen Maske des armen Flötenspielers ein Mann

SCHLENDER. Schon wieder ein Mann? Aber warum wollen Sie denn gerade ein Mann sein?

FLEDER. Ich? In der Tat ich verstehe Sie nicht. O lassen Sie uns diesen ernsten, heiligen Moment nicht in leichter Tändelei verscherzen!

SCHLENDER *in steigender Begeisterung nach und nach in seine natürliche Stimme übergehend und auf Fledern eindringend.* Ja, ich will kein Narr sein! O diese pechschwarze Nacht, sie ist der Lichtpunkt in dem Silberblicke meines Seins oder Nicht-Seins! Ha, das ist keine Frage, daß mein Herz von dem nagenden Wurm der heimlichen Liebe zerfressen sei aber ein tapferes Herz frägt nichts darnach, ob ihm die Seele zum Ellbogen heraushängt, wenn es in jene elysäischen Felder

FLEDER *der währenddes erstaunt vor Schlender zurückgewichen.* Au, meine Zehen! Mein Gott! ich glaube gar Sie sind

SCHLENDER *zu Fleders Füßen sinkend.* Der selige Schlender!

FLEDER. Ha, abscheulich! Jetzt seh ich

SCHLENDER *aufspringend und sich rasch umsehend.* Wo? wen?

FLEDER. Verrat, heimtückischer Verrat!

SCHLENDER. In der Tat, ich sah ihn schon vorher dort hinter der Laube

FLEDER *erschrocken.* Wen?

SCHLENDER. Was? Ich salvier mich!

FLEDER. Wenn ich nur wüßte, was es gibt mein Gott, mein guter Ruf ich eile dorthinaus!

SCHLENDER. Und ich dorthin!

Sie entlaufen nach verschiedenen Richtungen.

FLORA *die währenddes, mit ihrem Säbel klirrend, rasch hervorgetreten ist.*
    Heda, halt, halt! O liederliche Wirtschaft,
    Wie Spreu im Wind! Wer kommt denn da schon wieder?

LEONARD *bewaffnet, bleibt im Hintergrunde, zurücksehend, stehen.*
    Die Kammerjungfer war's, die dort entfloh
    Auch nicht ein Mäuschen fand ich an der Linde.
    Hieher sah ich vorhin sie gehn von hier
    Entwich sie jetzt. Frischauf! an jedem Strauch
    Und Zaune will ich rütteln! dann laß sehn,
    Wo der Galan die Hasenohren andrückt!

Flora erblickend.

Wer schleicht da? Steh! ich denk, dich sucht ich eben!

Warst du hier mit der Gräfin Kammerjungfer?

FLORA.

Gewiß. Es wär unmöglich, uns zu trennen.

LEONARD.

So liebt ihr euch?

FLORA.

Nicht sonderlich. Sie macht

Viel Unruh mir, bei Nacht durch lose Träume,

Und abends wohl durch manchen dummen Streich!

LEONARD.

Ei seht, wie klug und fein das Zünglein schwatzt.

Wer gab das Recht dir, ohne rechte Liebe

Mit güldner Sporn und glatter Worte Klang

Ein fröhlich stilles Herz schnöd zu betören?

FLORA.

Fürwahr, gäb's so ein Recht, ich hätt's zunächst.

Doch könnt das, glaub ich, andern besser glücken.

LEONARD.

Du schmähst sie noch! Sieh, ich bin just kein Raufer,

Doch rauft's mich bei den Haaren recht dazu,

Mit meinem Degen hier zu untersuchen,

Ob du auch Manns genug zu einem Freier.

FLORA.

Ih, Gott behüt mich!

LEONARD.

Ja, wie' s Gott gefällt.

Ich weiß nicht, wer von uns der größte Narr hier

Doch sind Verliebte, wie man sagt, Genies,

Die Hohes tun und Tolles, weil sie müssen!

So genial ist eben mir zumute

Kurz: zieh vom Leder, Fant, wehr dich! Zieh aus!

FLORA.

Sehr gern.

Für sich.

Ich kenn hier jeden Schlich. So 'n Mannsbild

Im tölp'schen Eifer stolpert tausendmal.

Sie entflieht.

LEONARD.

Heißa, bunt Vögelchen, entfliegst mir nicht!

Ich spür so was vom Habicht heut in mir!

Ihr nach.

Einsamer Waldplatz. Flitt tritt auf, sieht sich nach allen Seiten um und pfeift dann auf dem Finger. Knoll erscheint im Hintergrunde und beantwortet das Signal auf dieselbe Weise.

FLITT. Bist du toll! Wozu pfeifst du erst, Hanswurst, wenn du selber schon da bist?

KNOLL. Damegogen und Karbonaden! das ist der Komment so, wo's was Verschworenes gibt.

FLITT. Ich bitt dich, liebstes Ungeheuer, möchtest du nicht die Güte haben und hier deinen Rachen ein wenig zähmen? Du kommst schon wieder wie ein Haifisch dahergefahren und schnappst nach den Trümmern deiner in Tertia gestrandeten Gelehrsamkeit. Sprich, alter bemooster Tertianer, sind die Pferde am Walde bereit?

KNOLL. Rosse und Karosse und alle Madrigalien nebst Impertinenzen sind zu der Entführung prädesteniert.

FLITT. Ich glaube gar, du hast deine alte fliegende Kalesche mitgebracht, in der du immer zum Ochsenmarkt fährst, mit deinem Brustbild von gelben Zwecken an der Tür. Die rumpelt ja in der Nacht, daß man uns bis zum andern Morgen hört, und hängt von der einen Seite hinenüber; ich hoffe, sie sollen dich, wenn's einmal flink über die Steine geht, draus verlieren wie einen Sack voll Kaldaunen.

KNOLL. Labet egal! Es wird mich niemand in die Tasche stecken. Aber warum treten Ew. Gnaden hier Ihrem eigenen Schatten auf die Fersen im Mondscheine? Warum sind Sie nicht schon im Garten, auf dem Place de Grandefuß? Sie haben doch dort nicht etwa ein Haar drin gefunden?

FLITT. Nein, sondern einen ganzen Schopf von Haaren; ich weiß nicht, welchem Querkopf er angehören mochte. Dort ist es nicht geheuer. Aber es tut nichts. Wir wollen die Gräfin hier erwarten, hier muß sie durchaus vorüberkommen, wenn sie zu dem verabredeten Platze geht. Gib acht! sobald sie kommt, stellst du dich als chinesisches Lusthaus oder umgestülpte Baumwurzel zur Seite für den Notfall ich aber bringe die Gräfin über die Rosen und Vergißmeinnicht lieblicher Redensarten zu den Pferden, du begleitest uns immerfort in einiger Entfernung wie eine Batterie von schweren Stücken und triffst mit uns zugleich am Wagen ein. Gelingt es, Knoll, so will ich dich mit kalekutischen Hähnen und Rinderkeulen vollstopfen und dann in goldene Reifen schlagen

KNOLL. Schlagen? Ja, ich hoffe, wir sollen heute hier die schönsten Prügel bekommen. Aber es verschlägt nichts. So ein Spaß ist schon ein Dutzend Beulen und Rippenstöße wert; mir kommen sie nicht so leicht durch den Speck.

FLITT. O du gemeine Seele! O du sanguinische, materialistische Talggrube, in der der Teufel nichts tut, als Schmalz kochen, den er nächstens als Speckschwarte in seinem Schornstein aufhängen wird, den

KNOLL. Silentium! da ist sie, da ist sie! Ich nehme meinen Abtritt. *Er tritt hinter die Kulissen.*

FLITT. Wahrhaftig, da kommt die Gräfin wie die bleiche Furcht dahergeflattert. Sie wird noch den Nelkenstrauß verlieren wie der grüne Schleier im Winde fliegt!

SCHLENDER *noch in der vorigen Damenkleidung mit herabgelassenem Schleier, atemlos hereinstürzend.* Flitt rette mich! Verraten Offiziere und zehn oder hundert Gemeine und blanke Schwerter und Dolche und alles hinter mir drein!

FLITT. Wo? ich hoffe doch nicht gar. Nun gilt es rasch sein! Schnelle Pferde sind bereit, ergebene Treue denkt an alles.

SCHLENDER. Was?

FLITT. Der starke Gott der Liebe steht voll Schwermut uns zur Seite, und bei dem ersten Morgenstrahl beschirmt ein Strohdach zwei beglückte Herzen!

SCHLENDER. Wie?

FLITT. Um Gottes willen! nur keinen Laut jetzt, sonst sind wir alle verloren

SCHLENDER. Aber

FLITT. Nur still, nur fort! *Schlendern mit einem Arm umfassend und fortführend, für sich.* Süße Beute! Nun laß die Narren mit ihren Wünschelruten angeln, ich hab den Schatz gehoben. Schlau muß man sein!

Ab mit Schlender.

KNOLL *aus seinem Hinterhalte den andern rasch folgend.* Katabomben und Sonaten, ich deck das champs de canaille!

Vierte Szene

Wieder der Teil des Gartens mit der Laube, wie in der zweiten Szene dieses Aufzugs. Flora tritt eilig auf, Don Leonard und Victor von verschiedenen Seiten verfolg.

FLORA.

Was tu ich nur? Mondsüchtig sind sie alle.

Verwünschte Hosen und verwunschner Victor!

Wo nur ein Narr fehlt, ist er gleich zur Hand.

VICTOR *für sich.*

Sie denkt, ich kenn sie nicht. Die will ich ängst'gen!

Laut.

Hallo, trara! Mein Hirschlein, springst recht artig!

Ist denn kein Zaun mehr, drüber wegzusetzen?

Ein leichtes Wild und liebt bei Nacht zu wechseln.

FLORA.

Ich wünscht, du wärst ein Hirsch und hättst Geweihe
So hoch, daß du im Wald dran hängenbliebst!

LEONARD.

Nun, Bürschchen, hast du deinen Mut erjagt?
Steh still und zieh! Die Hälfte deines Schnurrbarts
Mäh ich dir sauber ab mehr will ich nicht.

FLORA.

Ich bitt Euch, seid gescheut! Mit zweien fechten!

VICTOR.

Mit ihm allein nähmst du's wohl auf?

LEONARD *zu Victor.*

Geh, halt die Scheide fest, hilf ihm herausziehn.

VICTOR *faßt das untere Ende von Floras Degen.*

So Nun beleidigt ihn noch etwas wen'ges,
Sonst kriegen wir ihn nicht heraus!

FLORA *zieht den Degen, läßt ihn aber schnell wieder sinken.*

Nein, nein,
Mir graut zu sehr! Hört doch!

VICTOR.

Nachher!

LEONARD.

Den Bart!

FLORA.

Ich bin kein Mann

LEONARD.

Ach, das könnt jeder sagen!

Sie fechten.
Die Gräfin Adele in veränderter, ihren Stand bezeichnender Kleidung, rasch auftretend.

Von hier kam Waffenklang

Sie erblickt die Fechtenden und stürzt sich zwischen die Degen an Leonards Brust.

Mein Florestin!

LEONARD.

Was ist dir, scheues Kind? Welch prächt'ge Kleider!

Du hast dich so verändert diesen Abend

Ich kenn dich kaum mehr nur der schöne Klang

Der Stimme dringt wie ehmals noch zum Herzen

Und weiß von Falschheit nicht.

ADELE *sich von Leonards Brust erhebend, mit Hoheit.*

Das falsche Spiel

Komm ich zu enden.

Auf Flora deutend.

Wer ist dieser Mann?

FLORA *vor der Gräfin niederknieend.*

    Ach! Einer, der gern Federhut, Schwert, Schnurrbart

    Und alle Manneswürde jetzt dahingäb

    Um einen einz'gen Weiberrock ein Mutwill,

    Der seinen Willen eben hart gebüßt,

    Weil er den Mut dazu nicht konnt erschwingen.

LEONARD *sich vor die Stirn schlagend.*

    O Tor! ein Weib wollt ich zum Ritter schlagen!

       Man sieht in der Ferne den Widerschein von Fackeln.

ADELE *die bisher in Gedanken versunken dastand, plötzlich aufsehend.*

    Welch wilder Haufe naht dort? was bedeutet

    Der Fackelschein?

LEONARD *freudig.*

    Bei Gott, ich hoffe: Hochzeit!

FLORA *die noch kniete, aufspringend.*

    Und Hochzeit: Freude, und wer froh, verzeiht gern.

    O sein Sie wieder meine gnäd'ge Gräfin!

LEONARD.

    Was ist denn das? Sind Sie denn nicht?

ADELE *Leonarden mit der Hand abwehrend.*

    O fort,

    Fort, eh die andern kommen!

LEONARD.

Nein um Gott!

Wer von den beiden ist die Gräfin?

ADELE.

Ich!

Sie verbirgt ihr Gesicht an Floras Brust und bleibt in dieser Stellung. Unterdessen treten Friedmann und Bedienten mit Fackeln auf.

FLORA *zur Gräfin.*

Was ist geschehn? Gehn wir nach Haus Sie weinen

FRIEDMANN.

Dem alten treuen Diener sei's vergönnt

Ein Wort nur: Wunderliche Reden kreuzten

Wie Fledermäuse, durch die Dämmerung,

Ein Flüstern, Schlüpfen, heimlich her und hin

Auch Pferde wollt man sehn am Saum des Gartens

Und einen fremden, furchtbar dicken Mann.

Ein treuer Diener vigiliert auf alles;

»Ja«, rief ich, »alter Gärtner, exponier dich!

Was kann es kosten, als dein graues Haupt!«

Ich rief sogleich die Burschen hier zusammen,

Bei Fackelschein durchstreichen wir den Wald;

Da hören wir's noch fern im Grunde rumpeln,

Dazwischen Stimmen zankend durch die Nacht,

Dann alles wieder still. Nur einen einz'gen

Erwischten wir dort auf verdächt'ger Flucht;

Ich fürchte sehr, sein Kopf sitzt ihm was schief

Er spricht ganz wirr: von Damen, die nicht Damen

FLEDER *sich von den Dienern losmachend, tritt stolz hervor.*

Ich sag's Euch, hütet Euch vor meinem Zorn!

Es träf sich leicht die Gräfin hält mich hoch

FRIEDMANN.

Schon wieder! Ei, besinnen Sie sich doch!

FLEDER.

Fort, Mummerei! Ich bin der Hofrat Fleder!

FRIEDMANN.

Oho! Sanft, sanft! Gemach! Nein, packt ihn nicht!

FLEDER *Leonarden bemerkend.*

Ein Wörtchen nur mit jenem Herren dort

Graf Leonard!

ADELE *die sich bei diesen Worten aufgerichtet hat, Leonarden erstaunt ansehend.*

Mein Gott! Sie sind −?

LEONARD *sich vor ihr auf ein Knie senkend.*

Der Graf.

FLEDER.

Dem Präsidenten eil ich's zu berichten,

Wie hier sein Neffe, seines Hauses Stolz,

Bei Nacht sich wegwirft an ein Kammermädchen,

Die freilich lieber Gräfin wär, als Jungfer.

Ab.

LEONARD *zu Adele.*

  Mir träumte einst von einem süßen Kinde

  O sprich noch einmal aus dem schönen Traum

  Zu Florestin: Bedeutet's Hochzeit?

ADELE *zögernd und leise.*

  Ja!

LEONARD *rasch aufspringend und ihre Hand fassend.*

  Musik! Nun Jäger, laßt die Hörner klingen!

  Voran die Fackeln! daß die Ström im Grunde

  Und alle Fenster in dem stillen Schloß

  Aufblitzen in dem lust'gen Widerscheine!

  Tag soll es sein mir ist so licht im Herzen!

  Er führt die Gräfin schnell fort. Hörnerklang, nach und nach immer ferner und leiser.

VICTOR.

  Da mag der Teufel Junggeselle bleiben!

  Er hebt Flora hoch auf seinen Arm.

  Wild warst du stets, und Wild gehört für Jäger!

  Hier ist der Jäger in das Wild geschossen,

  Ich bin just recht im Schuß Hoch, lust'ge Braut!

Er trägt sie fort.

FRIEDMANN *schreit.*
  Vivat! und Feuerwerk und Hochzeitscarmen!

Alle ab.

Ende